Wolfgang Marschall

FÖHR UND MEHR

manchmal nachdenkliche aber meistens
humorvolle Kurzgeschichten des Alltags

Wolfgang Marschall

„ FÖHR UND MEHR"

© 2016
Herstellung und Verlag:
BoD – Books on Demand, Norderstedt.
ISBN: 9783741296116

1. Auflage 2016

Alle Rechte bleiben beim Autor

Inhalt

Für zwei Dicke zu klein	1
Neues Erbgut	6
Blechkuchen	10
Auf der Insel	15
Ein ganz spezieller Wunsch	19
Eine Wenigkeit	24
Interessenkonflikt	27
In der Christvesper	31
Vogelzähler	34
Wieder im Gleichgewicht	37
Eine resolute Belehrung	43
Das ist ein totsicherer Tipp	46
Einladung zum Klassentreffen	52
Aus kindlicher Sicht	58
Das ist schon ewig lange her	63
Hier bleibe ich nicht	71
Gehbehindert	77
Ein Handspiegel sollte es sein	81
Busfahrt nach Föhr	85
Thema Nr 1 – im Alter	91
Seltsames Schweigen	94
Tierische Liebe	97
Liebeserklärung	102
Männer sind total hilfsbereit	105
Wetterbericht im allgemeinen	108
Sterilisation	110
Bestimmt eine liebevolle Mutter	116

Hier war Goethe – nie	121
Vielleicht eine Zipfelmütze	125
Nur Wenige haben überlebt	130
Vegan-oder das Schreien der Schafe	133
Fraktion	137
100 Schlösser	143
Großartige Leistungen	147
Notorische Nörgler	152
Um blau zu werden	155
Der Kater Gismo	158
Männern passiert das nicht	162
Fenster in der Deutschstunde	167
Wirklich – unverzichtbar	170
Ehrenamtlich	173

Für zwei Dicke zu klein

Eigentlich dachte ich an nichts, alles war gut. Schaute auf das ruhige Meer von meinem Fensterplatz aus auf der Fähre und freute mich im Stillen nur auf die Insel, als sich plötzlich eine innere nevöse Unruhe in mir bemerkbar machte. Anfangs konnte ich es gar nicht einordnen, wusste nicht mal, was mich beunruhigte. Dann aber war es plötzlich glasklar, es fiel mir wie Schuppen von den Augen, du hast dein Smartphone

im Auto liegen lassen.

In diesem Moment erklingt die Lautsprecherdurchsage der Schiffsführung: „Moin moin, herzlich willkommen auf der Uthlande. Wir wünschen ihnen eine gute Überfahrt nach Wyk auf Föhr". Langsam kommt Bewegung in das Schiff.

Ich muss jetzt sofort aufs Autodeck zu meinem Auto, ich benötige doch mein Smartphone. Den ersten Gedanken, ganz schnell vom Salondeck in der 4. Etage hinunter zum Autodeck zu Fuß über die Treppe zu nehmen, habe ich sofort wieder aufgegeben. Der Treppengang ist viel zu umständlich und zu eng. Wenn dir Korpulente entgegen kommen sollten, dachte ich, dann wird es eng. Ich werde deshalb den Fahrstuhl nehmen, mit ihm geht es schneller. Es ist ja nur eine kurze Fahrt.

Ein Druck auf den unteren Knopf und nur wenige Sekunden später kommt der Lift geräuschlos angefahren. Langsam öffnet sich die Schiebetür und gibt den Blick in sein Inneres frei. Der Schock traf mich auf der Stelle. Wie angewurzelt bleibe ich deshalb vor der Tür stehen, traue mich überhaupt nicht einzutreten. Regungslos starre er auf das, was vor mir steht. Ich kann es gar nicht glauben, was ich da sehe. Eine Dame ist es die durch ihren enormen Körperumfang beinahe ganz allein den Platz in der Kabine ausfüllt. Dazu kommt auch noch der vor ihr stehende Trolley. Eigentlich ist kaum noch Platz für eine weitere Person.

„Kommen sie doch ruhig herein junger Mann, sagt sie die äußerst korpulente Dame smart zu mir, ich werde mich ganz dünn machen, dann haben wir beide Platz. Sie sind ja schlank". „Sehen sie, es passt doch gerade noch", sagt sie als ich mich hineingequetscht hatte.

Eng stehen wir beieinander. Vielleicht fährt sie nur eine Etage tiefer, zu den

Toiletten, hoffte ich, dann ist wieder platz, das halte ich aus.

Völlig geräuschlos beginnt die Fahrt. Nur an einem leichten Schütteln bemerkt man es. Langsam gleitet der Lift in die nächsttieferen Etagen. Aber, er hält hier nicht, sondern fährt direkt bis auf das Autodeck hinunter. Das passt ja prima, dachte ich.

Langsam, beinahe in Zeitlupe, öffnet sich die Fahrstuhltür.

Nein, nicht schon wieder. Total geschockt starre ich auf das, was vor der Tür steht und offensichtlich gerade im Begriff ist einzusteigen. Ich glaube es nicht, es verschlägt mir total den Atem. Wieder steht dort eine Frau, die durch ihre enorme Körperfülle komplett die Fahrstuhltür ausfüllt. Doch die Dame schaut nur kurz zu uns herein. Dreht sich wieder um und macht überhaupt keine Anstalten einzutreten. Sie steht einfach ganz still, sagt kein Wort, aber versperrt natürlich total den Ausgang. Sie wartet offensichtlich, dass sich der Lift wieder in Bewegung setzt. Ein Aussteigen, um zu meinem Auto zu gelangen, war mir überhaupt nicht möglich.

Geräuschlos schließt sich die Fahrstuhltür

wieder und der Lift setzt sich aufwärts in Bewegung.

Wie gelähmt stehe ich ganz still, wort- und hilflos.

„Ach, nun fahren wir zwei doch wieder gemeinsam nach oben, säuselt die korpulente Dame aus der Fahrstuhlecke. Freundlich lächeld sie, aber anders wäre es auch nicht möglich denn für zwei so Dicke ist der Fahrstuhl auch wirklich viel zu eng".

Ich werde nun doch die enge Treppe nach unten nehmen, denn dort werden mir die Damen sicherlich nicht begegnen.

Neues Erbgut

„Unsere Jahrgänge müssen ein anderes Erbgut haben als die heutige Generation, das scheint für mich festzustehen, sinniert die Gattin. Früher war nämlich alles besser, wir sowieso".

„Es gibt wirklich keinen Vergleich mit der heutigen Jugend. Weißt du Hermann, beinahe täglich kommen mir diese Gedanken".

„Ich kann mir zum Beispiel überhaupt nicht vorstellen, ob die jungen Leute von heute beispielsweise wissen, was ein Büchsenmacher ist, oder ob sie noch Strümpfe stopfen können oder Kessel flicken? Nein, das kann ich mir wirklich schwer vorstellen oder was meinst du"?

„Manchmal glaube ich das auch", und mit dem Kopf nickend, gibt ihr der Gatte durchaus recht.

„Ich bewundere diese modernen Mängelwesen trotzdem, weil sie offensichtlich mit einem völlig neuen Erbgut ausgestattet sind, welches wir Alten nicht haben".

„Sie kompensieren diese Mängel locker auf ihre Art", sprudelt sie weiter.

Diese neuartigen Gene befähigen sie zum Beispiel souverän mit dem Computer umzugehen. Oder ein anderes, das ihnen automatisch sagt, wo die Wahlwiederholungstaste am Telefon ist, und ein weiteres der vielen Mutationen lässt sie fehlerfrei whatsappen, während sie Fahrrad fahren, und sich dabei angeregt, oft gleichzeitig mit mehreren, unterhalten.

„Gestern Vormittag, stelle dir das Mal vor Hermann, hatte ich so ein seltsames, zu diesem Thema passendes, Erlebnis".

„Es war im Supermarkt von Knudtsen".

„Du weißt schon, ich wollte dort doch nur Brötchen für das Frühstück kaufen, als ich im Innern des Ladens eine Frau mittleren Alters, vielleicht so 45 Jahre alt, beobachtete, natürlich rein zufällig, die vor dem großen Regal mit den Hühnereier stand und gerade dabei war dieses zu fotografieren".

Ob sie hier wohl besondere Urlaubsfotos mache, für die Lieben zu Hause, fragte ich sie ganz freundlich, natürlich überhaupt nicht neugierig.

Nein, nein, antwortete die junge Frau, sie benötige die Bilder nur als Beweis für ihren Sohn.

Oh, dann hat es wohl Ärger mit dem Supermarkt gegeben. Waren vielleicht die Eier faul, wollte ich nun, nur so nebenbei, von ihr wissen.

Nein mit den Eiern ist alles in Ordnung, antwortete sie, aber stellen sie sich mal vor, ich habe doch gestern meinen Sohn zu Knudtsen geschickt, damit er mir eine Schachtel Eier einkaufen soll. Was ja wohl keine schwierige Aufgabe ist, dachte ich.

Doch ganz überraschend erhielt ich plötzlich, während meiner Arbeit im Büro eine Whats-App von ihm. Es tue ihm ganz furchtbar leid, er habe hier bei Knudtsen überall gesucht aber er könne keine Eier finden. Das Unternehmen scheine diese nicht im Sortiment zu führen.

Erstaunt hat mich diese Nachricht schon, sagte sie zu mir, doch Sorge mache sie sich deswegen keine um den Jungen. Das komme sicher noch. Er ist ja noch jung, schließlich sei er erst gerade zwanzig Jahre alt geworden.

„Recht hat sie", sagt nun Hermann spontan zu seiner lieben Frau. „Aber vielleicht sollte die Mama mit ihrem Filius öfter ein bisschen üben. Denn das Eier-Einkauf-Gen scheint im neuen Erbgut untergegangen zu sein".

Blechkuchen

„Zwischen Klein und Groß Dunsum, gibt es einen Erlebnisbauernhof mit Hofladen und Café, habe ich gelesen", erzählt Herr Behrens seiner lieben Frau eines morgens während des Urlaubs auf Föhr.

So beschlossen sie also spontan am Nachmittag diesem einen Besuch abzustatten. Nach kurzer Autofahrt haben sie das Ziel erreicht und stehen schließlich ein wenig misstrauisch vor dem Hofladen. Sie hadern noch mit dem Eintreten.

Es war ja von Außen überhaupt nicht zu erkennen, was sie im Innern erwartet.

Aber, als die beiden erst einmal an einem der vier Tische saßen und in Ruhe alles angeschaut hatten, waren sie einer Meinung, dass der Entschluss zu diesem kleinen Ausflug nicht schlecht war. Stilvoll und mit Geschick war der Raum eingerichtet. Es war überhaupt nicht mehr zu erkennen, dass noch vor nicht allzu langer Zeit Zuchtschweine hier ihr zu Hause hatten.

Wirklich, es war gemütlich hier. Und auch die regionalen Köstlichkeiten, die ringsum auf den Regalen und an den Wänden des Hofladens zum Erwerb aufgestellt waren, trugen dazu bei und veranlassen sicherlich die Gäste zum Bleiben und auch zum Erwerb.

Und „Bruno", der alte gusseiserne Ofen, der wie ein altertümliches Geschütz aussieht, sorgt für angenehme wohlige Wärme und angenehme Atmosphäre im Raum. Pausenlos fütterten die Bauersleute ihn mit bestem Buchenholz.

Und das leichte knacken und knistern des Ofens wirkte auf Frau Behrens sehr romantisch.

Wirklich ein schnuckeliger Platz zum Verweilen und um gemütlich Kaffee und Kuchen zu genießen.

Herrn Behrens und seiner Frau gegenüber, am Nachbartisch, sitzt ein junges Ehepaar mit ihren beiden Kindern. Mädchen sind es, vielleicht 4 und 6 Jahre alt. Die beiden Kleinen schwatzen ohne Pause. „Manchmal ist das schon ein wenig nervig", empfindet Herr Behrens, sagt es aber nicht, denn er möchte doch nicht als ewiger Miesepeter von seiner lieben Frau getadelt werden.

„Leise, fast unbemerkt, war die junge Bäuerin mit einem Zettel in der Hand an den Tisch der kleinen Familie getreten und hat nach ihren Wünschen gefragt.

Für uns ein Kännchen Kaffee und für die Mädchen einen Becher Kakao. Und was können sie uns für Kuchen empfehlen, fragte der junge Familienvater noch die Landwirtin. „Heute haben wir ganz leckeren Blechkuchen, er wird bestimmt den Kindern schmecken, den kann ich ihnen ganz besonders empfehlen".

Spontan herrschte Ruhe am Tisch. Ein seltsames Schweigen herrschte bei den Mädchen. „Mögt ihr denn keinen Kuchen", fragte vorsichtig die freundliche Bäuerin.

„Unwillkürlich begannen die Augen der wohl sechsjährigen kleinen Dame zu funkeln", und mit aufgeregter Stimme erwiderte sie: „Ich kann aber keinen Blechkuchen essen, mir fehlen doch so wie so schon vorn 5 Zähne und noch mehr möchte ich nicht verlieren".

„Siehst du, sagte leise hinter vorgehaltener Hand in diesem Moment Frau Behrens zu Hermann, ihrem Mann, was war das für ein Glück für mich, dass ich das noch rechtzeitig gehört habe". „Ich weiß gar nicht, ob ich als Gebissträgerin mit dem Kuchen zurechtgekommen wäre".

Auf der Insel

Das junge Ehepaar ist mit ihrem Sohn für ein paar Urlaubstage auf Föhr.
Der Kleine ist dreieinhalb Jahre alt und zum ersten Mal auf einer Insel. Obwohl er Föhr als Insel gar nicht erkennen kann spricht er, wenn man ihn fragt, natürlich nur von Insel und findet es hier ganz toll und ganz besonders mag er den Sand am Südstrand von Wyk.
Aber so richtig spielen konnte er bisher überhaupt noch nicht, immer störte ihn sein Vater. Der wollte ihm nämlich unbedingt sein geballtes Wissen übermitteln. Aber diese sicherlich gutgemeinten Erklärungen interessierten den Kleinen nun wirklich nicht. Er wollte doch nur im Sand und mit den Muscheln spielen. Ihm war es nämlich ganz egal, dass die vielen Muscheln die hier überall rumliegen, Herzmuscheln sind und dass die weißen Vögel, die schreiend vorüberflogen, Möwen seien. Auch überhörte er, während er versuchte konzentriert im Sand zu spielen, die väterlichen Bemühungen, ihm zu erklären

warum sich das Nordseewasser bei Ebbe langsam zurückzieht. Er begriff es sowieso nicht.

Diese dauernden Hinweise und Erklärungen ärgerten ihn unglaublich, mehr noch, sie machten ihn regelrecht nervös. Deshalb hörte Max überhaupt nicht mehr zu. Dadurch sah er natürlich auch nicht auf das, was er gerade gezeigt bekam. Obwohl der junge Vater die missmutigen Reaktionen seines Sohnes bemerkte, beruhigte er sich mit den Gdanken, ich will doch nur das Beste für mein Kind.

Schon lange vor der Geburt seines Sohnes hatte er sich vorgenommen ein guter hilfreicher Vater zu sein. Ja, schon frühzeitig wollte er ihm alles erklären, alles, was er für besonders wichtig für das spätere Leben seines Sohnes hielt.

Gerade in diesem Moment fährt die Amrum-Fähre vorüber.

Ganz nah war sie, man könnte glauben sie wäre nur wenige Meter entfernt. Diese Gelegenheit ist günstig, dachte sich der junge Vater.

„Sieh mal Max", sagt er liebevoll und ruhig und zeigt mit ausgestrecktem Finger auf die langsam an ihnen vorbei fahrende weiß-rote Fähre.

„Du Max, das ist die Fähre nach Amrum", erklärt er seinem Sohn ganz stolz.

Max indes steht ruhig neben seinem Vater und sagt keinen Ton, er ist ganz still geworden, man sieht ihm an, dass sein kleiner Kopf arbeitet. Vielleicht grübelt er über Amrum und die Fähre oder auch nur über seinen Vater nach.

Plötzlich aber baut er sich breitbeinig, dabei den einen Arm in die Hüfte gestemmt, vor seinem Vater auf. Genau so, wie er es oft bei ihm gesehen hat. Ernst ist sein Gesichtsausdruck. Jetzt wollte er aber auch einmal etwas erklären.

„Du Papa, die Stimme des Knaben klingt hörbar verärgert. Äußerst trotzig hebt er dabei, genau, wie Papa es immer macht, den rechten Zeigefinger in die Luft. Mit tiefster Überzeugung erklärt er nun seinem Vater: „Das ist aber gar keine Fähre", weil, das ist nämlich ein Schiff"!

Ein ganz spezieller Wunsch

Kurz nur steckten sie die Köpfe zusammen, dann waren sich die drei jungen Frauen sofort einig. Zu einem Spaziergang und Stadtbummel sind sie wirklich nicht zu gebrauchen. Nein, mit unseren Männern kann man beim Shoppen nichts anfangen. Sie nörgeln doch nur pausenlos herum. Obwohl wir ja immer nur ganz kurz, nur um zu schauen natürlich, vor einem kleinen Modegeschäft stehen bleiben. Sie langweilen sich zu Tode und meckern deshalb immerfort, wenn wir, wirklich nur ganz kurz, in eine Boutique hineingehen.

Die Damen nicken sich zu, der Entschluß ist einstimmig. Wir lassen unsere Männer deshalb einfach zu Hause, dort können sie sich durchaus nützlich machen ohne dass wir sie stören. Oder vielleicht möchten sie auch zum Strand gehen. In der frischen Luft, zum Abkühlen, das wird ihnen gut tun, können sie dann einige Zeit verbringen und wir haben unsere Ruhe.

Eine kleine Rast „Am Sandwall" hatten die Damen von Anfang an fest eingeplant. Denn auf diese Einkehr freuten sich die drei unheimlich. Die Clique der Frauen, alle im besten Alter, ist nämlich der Meinung, dass sie sich so etwas hoch verdient hätten. Und außerdem gehört eine Pause natürlich zu jedem Shoppen dazu.

Es passte heute perfekt. Gerade ist ein schöner Tisch mit Strandkorb beim Café „die Insel" frei geworden. Hier werden wir es uns gut gehen lassen, beschlossen sie sofort. An ein großes „Bitburger" als Getränkewunsch, so wie ihre Männer das immer tun, haben sie überhaupt nicht gedacht. Nein, ihr Interesse gilt mehr den prickelnden Getränken, wie Prosecco oder auch den fruchtigen Cocktails.

Neben der normalen Getränkekarte lag, und das ist zufällig wirklich passend, tatsächlich auch eine Cocktailkarte. Schön bunt ist sie gestaltet und viele verschiedene Mixgetränke sind darauf abgebildet und beschrieben, mal mit, mal ohne Alkohol.

Spontan liebäugeln sie mit den tollen Cocktails und beschließen einstimmig diese zu bestellen. Jede solle allerdings ein anderes Mixgetränk wählen. So kann man mal, und das ist wirklich eine pfiffige Idee, etwas aus dem Glas der anderen zum Testen probieren.

Marion entschied sich zum Beispiel für einen Long Island und Ina für Tropical Mystery. Nur Sabine äußerte sich noch nicht. Sie wirkte als könne sie sich nicht entscheiden.

Als schließlich, Michael, die sehr aufmerksame männliche Bedienung, den die Damen allerdings schon seit langer Zeit kennen, die Bestellung aufnehmen will, zählen zwei der Freundinnen ihm die exotischen Cocktailnamen ihrer Wahl auf. Nur Sabine nicht.

Freundlich schaut der smarte Kellner vom Eingabegerät auf - und Sabine an. Offensichtlich ist sie unsicher oder kann sich nicht entscheiden, denkt Michael, der Kellner, so für sich.

Na, was kann ich dir denn Gutes tun, fragt der attraktive junge Mann einfühlsam und freundlich nach ihrem Getränkewunsch.

„Ach, ich möchte gern den Drink aus Wodka, Pfirsichlikör, Orangen- und Cranberrysaft". „Du weißt schon: Sex on the Beach".

„Das kriegen wir doch locker hin". Schnell kommt die Antwort des jungen Mannes.

„Sex on the Beach wünscht du dir also", das ist doch kein Problem Sabine, flachst der fesche Kellner mit funkelnden Augen: „Na, dann komme doch einfach mal mit".

Eine Wenigkeit

Neulich, in Engelbarts Dorfkrug, das ist die kleine Kneipe gleich um die Ecke, ist mir mal wieder eine Wenigkeit begegnet.

Ich hatte mich an diesem Freitagabend ein paar Minuten verspätet, und sah erstaunt, als ich hereintrat, dass an dem großen runden Stammtisch, zwischen meinen Bekannten, ein mir völlig fremder

Herr saß. Er stellte sich nur kurz, nicht unbedingt freundlich, mit Bruno vor, was mir aber überhaupt nichts ausgemacht hat.

Genervt hat er mich schließlich doch, weil er sich im Laufe des Abends, während unserer wortreichen, durchaus aber geistvollen Unterhaltung, immer wieder nur mit „meine Wenigkeit" bezeichnete.

Auf den ersten Blick schien „die Wenigkeit" ein Mann wie jeder andere zu sein. Gut, er hatte eine linke, hängende Gesichtshälfte, vielleicht Folgen einer Gesichtsnervenlähmung und einen dadurch etwas schiefen Mund, der aber im Gespräch nicht weiter auffiel.

Meine Biertrinkerfreunde am Tisch achteten offensichtlich nicht auf seine permanente Redewendung, oder sie überhörten es einfach.

Doch mich störte es unheimlich. Es gärte in mir. Höre einfach nicht hin, bleibe ruhig. Den immer schneller aufsteigenden Ärger in mir versuchte ich zu unterdrücken, versuchte mich fest zu konzentrieren, und bemühte mich meine Stimme zu beruhigen.

Wirklich, aber ich konnte nicht mehr länger an mir halten und fragte schließlich den Fremden Folgendes: „Wer, sagten Sie, ist die Wenigkeit?"

Und die Wenigkeit antwortete freundlich: "Ich!"

"Ach so ist das, antwortete ich, ich wusste gar nicht, dass Sie so wenig sind."
„Aber wenn Sie das sagen ..."
„Na ja", sagte wiederum freundlich lächelnd die Wenigkeit, "das ist doch nur so ein Schnack, nichts weiter, das sagt man halt so!"

Also ein Schnack ist das, dachte ich, ein Schnack, der sicherlich von Leuten gebraucht, wird, die sich für besonders wichtig halten.

Aber das sagte ich lieber nicht.

Interessenkonflikt

Man kann sie in jeder Stadt sehen. Irgendwo steht immer eines. Mal auf dem Bahnhofsvorplatz, in einem Park oder vielleicht vor dem Rathaus. Reiterstandbilder nämlich. Meistens handelt es sich bei den mit Grünspan bedeckten riesigen Figuren um einen auf seinem Pferd thronenden früheren, großen Herrscher oder Feldherren.

Eigentlich beachtet sie heute kaum noch

Friedrich III.

jemand. Vielleicht werfen hastig Vorbeieilende manchmal unbewusst einen kurzen Blick auf die auf einem hohen Sockel stehende Figur, machen sich aber bestimmt keine Gedanken. Sie werden einfach nicht mehr wahrgenommen. Diese Monumente stehen seit ewiger Zeit einfach nur da, unverrückbar.

Heute, an diesem schönen Vormittag, steht ein älterer Herr mit einem wohl 8jährigen Mädchen, sicherlich seine Enkeltochter, weil er sie immer liebevoll Nele nennt, vor solch einem kupfernen Reiterdenkmal. In welcher Stadt es ist, spielt für diese Geschichte jedoch keine Rolle.

Die beiden haben einen Spaziergang unternommen und sind wohl zufällig hier vorbei gekommen. Anfangs stehen sie ganz still, sprechen kein Wort. Sie schauen nur in die Höhe und beobachten die Tauben, die ganz oben auf der Figur, turtelnd hin und her hüpfen.

Doch wie das so im Allgemeinen bei Großvätern ist, fühlt sich auch dieser seiner Enkelin bedingungslos verpflichtet und glaubt dem Mädchen unbedingt kluge Ratschläge geben zu müssen. Nicht dass er mit seinem unglaublichen, alles umfassenden Allgemeinwissen protzen wollte, nein das nicht, er meint es einfach nur gut.

„Weißt du, sagt er zu der Kleinen, die ganz still neben ihm steht, und zeigt auf das wohl beinahe vier Meter hohe Reiterstandbild direkt vor ihnen.
„Der hier ist ein Kaiser gewesen".
„Ach so, ein Kaiser war das". „Hatte der auch einen Namen", fragt Nele schließlich ohne offensichtliches großes Interesse.

Als hätte er darauf gewartet, jetzt war Opa so richtig in seinem Element.
„Na klar, selbstbewusst und überzeugend klingt seine Stimme, es ist Friedrich der III."
„Aber, und das erwähne ich nur so nebenbei, er war der vorletzte römisch-deutsche Kaiser, der noch vom Papst gekrönt wurde, und er war der Letzte, bei dem dies noch in Rom geschah".
Ein wenig stolz auf sich schaut Opa seine Enkelin an, und wartet auf ihre

lobende Anerkennung.

„Und warum hat man für ihn so eine große Figur gebaut"?

„Weil er ein außergewöhnlicher Mann war und viele große Taten vollbracht hat".

„Aber, weißt du, erklärt er weiter, beinahe in jeder Stadt gibt es diese Denkmäler. Nur stehen dort andere und die Reiter haben auch andere Namen. Manchmal heißen sie Heinrich oder Karl, oder vielleicht auch Friedrich I., weißt du, der Friedrich, das ist der Barbarossa".

Liebevoll neigt er sich zu dem Mädchen herunter, und spricht mit Überzeugungskraft zu ihr, „weißt du, der Barbarossa das war nämlich der Kaiser mit dem langen roten Bart".

Die Achtjährige steht anteilslos, rührt sich nicht, schaut nur gerade aus. Offensichtlich hört sie den großartigen Erklärungen ihres Opas überhaupt nicht zu.

Ihr Interesse zielt auf etwas ganz anderes und so fragt sie schließlich:

„Und wie heißt das Pferd, Opa?"

In der Christvesper

Weihnachten auf der Insel, das ist etwas ganz Besonderes für die Kleine. Als Überbrückungszeit vor der Bescherung ist sie von ihrer Mama mit ihrem Opa zu einer Weihnachtsmesse geschickt worden. Obwohl sie gar nicht genau wusste, was sie dort bei der Christvesper erwartet und auch ein Krippenspiel nicht kannte, freut sich die Kleine trotzdem riesig.

Noch nie war sie in einer Kirche gewesen, und konnte sich deshalb überhaupt nichts darunter vorstellen. Aufgeregt war sie. Es war doch alles so furchtbar neu für sie.

Durchaus ein wenig ängstlich schaute sie nach allen Seiten, drehte sich beinahe im Kreis und wäre deshalb beinahe gestolpert als sie in das große alte Gebäude eintrat. Fasziniert bewunderte sie die schönen Bilder an der Decke. Ja, sie kam aus dem Staunen überhaupt nicht mehr heraus. Denn jetzt zur Weihnachtszeit war die Kirche auch noch ganz besonders liebevoll geschmückt. Festlich wirkte das alte Gemäuer. Mit offenem Mund staunte sie über die vielen brennenden Kerzen, die überall aufgestellt waren, an diesem 24. Dezember.

Still, aber aufmerksam, saß das 4 jährige Mädchen neben ihrem Opa, ganz vorn, gleich in der ersten Bankreihe, direkt vor dem Krippenspiel, als der, offensichtlich schon ältere Pastor mit der Weihnachtsmesse begann. Sie bemerkte es anfangs kaum denn sie hatte nur Augen für die Krippe und für die Stalltiere. Ganz besonders gefielen ihr aber auch die in weiß gekleideten kleinen Mädchen, die als Engel

auftraten. Aber immer öfter wanderte ihr Blick jedoch zum Pastor.

Sie empfand den sich in großer Form befindenden Geistlichen als ganz toll. Ganz besonders dann wenn er, den Kirchenbesuchern zugewandt, mit den kleinen Glöckchen klingelte. Er war wirklich pausenlos in großer Aktivität, gab sich voll aus, um schließlich nach einer Stunde Christvesper ganz ruhig, offensichtlich erschöpft, vor dem Altar zu stehen. Die Glöckchen in seinen Händen waren nun verstummt und eine seltsame Ruhe herrschte plötzlich in dem großen alten Gemäuer. Ganz langsam drehte er sich von der Gemeinde weg, schaute vor sich auf den Altar, und beugte sich mit ausgebreiteten Armen minutenlang tief über diesen. Bewegungslos verharrte er in Andacht in dieser Stellung.

Die Vierjährige ist beeindruckt von diesem Schauspiel und hell begeistert. Allerdings wundert sie sich aber über die plötzliche Stille und Bewegungslosigkeit des Pastors.

Ihrem Opa zugewandt flüsterte sie ganz leise aber aufgeregt ins Ohr: „Sieh mal Opi, ich glaube, jetzt ist der Kaspar tot".

Vogelzähler

Immer wenn ich in Wyk auf Föhr bin, gehe ich zu gern zum Sandwall. Dann gehe ich in eines der schönen Cafés die dort, beinahe nebeneinander, zum Entspannen einladen. Dort sitze ich dann ganz ruhig, genieße ein Bier und den freien Blick auf's Meer und beobachte die Fähren, die mit neuen Gästen pausenlos ankommen oder auch Wyk in Richtung Dagebüll oder Amrum verlassen.

Wirklich, ich genieße es an nichts Besonderes zu denken, nur so vor mich hinzudösen.

Natürlich kann man sich seine Tischnachbarn während der Urlaubszeit nicht aussuchen, das ist mir schon bewusst. Aber manchmal, denke ich, wäre es doch ganz schön.
Heute nämlich, an diesem wirklich wunderbaren Tag, saßen wir zufällig am selben Tisch zusammen, der fremde junge Mann und ich. Absolute Stille, Lautlosigkeit wie in einem tibetanischen Schweigekloster, herrschte zwischen uns. Nur das gleichmäßige, deshalb auch sehr beruhigende Rauschen von Meer und Wind und das unverständliche Gemurmel der eilig vorbei gehenden Menschen unterbrach diese grenzenlose Stille manchmal.
Offensichtlich hing jeder von uns beiden seinen Gedanken nach, jedenfalls beachteten wir uns überhaupt nicht. Schweigend schaute jeder vor sich in sein Bierglas. Man könnte glauben, es gäbe dort etwas ganz Besonderes, vielleicht Aufregendes zu sehen.

Genau kann ich es nicht mehr sagen, aber es muss wohl so eine halbe Schweigestunde vergangen sein, als es doch zu einem vorsichtigen Kontakt zwischen uns kam.

Der junge Mann war wohl auf der Toilette gewesen. Als er sich wieder an seinen Platz gesetzt hatte, startete ich, der Ältere, vorsichtig einen Redeversuch.

"Sie könnten schon ein wenig mehr reden", räumte ich in vertraulichem Urlaubston ein.

"Ach, ich bin das Schweigen und die Stille so gewöhnt, ich muss ja sonst auch nicht reden".

„Das ist ja spannend, sie leben wohl in einem Kloster", fragte ich scherzhaft.

„Nein, nein, so ist es nicht. Aber ich lebe ganz allein auf einer Hallig, inmitten der Natur", erwiderte der Jüngere.

"Wieso das denn, sind sie Leuchtturmwärter?", frage ich, der Ältere, durchaus neugierig nach.

"Nein, nicht ganz, aber so etwas in der Richtung", antwortet der Jüngere lachend.

„Ich lebe nämlich auf einer menschenleeren Vogelinsel, und ich bin dort Vogelzähler- und Beringer. "

Wieder im Gleichgewicht

Manchmal, wenn ihm danach ist, schlendert Hans-Werner durch den kleinen Hafen in Wyk auf Föhr, ohne bestimmte Absichten, ohne ein bestimmtes Ziel. Seine Erwartungshaltung hier etwas Besonderes zu sehen oder zu erleben ist sowieso gering. Aber darauf kommt es ihm auch nicht an. Heute aber ist ein Glückstag. Aufregende Ereignisse überraschten ihn.

Nur noch kurz allerdings hat er den Seenotrettungskreuzer, Ernst Meier-Hedde zu Gesicht bekommen. Der hatte nämlich hier im Hafen zum Tanken festgemacht und war gerade wieder dabei ihn in Richtung

Amrum zu verlassen".

Um ein wenig auszuruhen und um die maritime Atmosphäre so richtig genießen zu können setzte er sich auf einen der vielen Hafenpoller, die hier rumstehen, ganz in die Nähe zu einem Kunstmaler.

Der Künstler saß dort ganz ruhig, bewegte sich kaum. Nur seine rechte Hand

huschte über den Malblock auf seinen Knien, als er die an den Dalben festgemachten alten Schiffe zeichnete, wie Hans-Werner sofort fachlich versiert feststellte.

Durchaus interessiert schaute er deshalb eine ganze Weile dem Künstler bei seiner Tätigkeit zu.

Ich hoffe, sagte Hans-Werner schließlich zu dem älteren Herrn, dass ich sie mit meiner Anwesenheit bei ihrer Arbeit nicht störe. Nein, nein sie stören überhaupt nicht, ganz im Gegenteil, freundlich lächelte der Meister.

Als er nun so still saß, und eigentlich an nicht Besonderes dachte, nur schaute, gingen ihm plötzlich unterschiedliche Geschichten durch den Kopf, besonders als er sich die alten Kähne ringsum ansah. Geschichten von vergangenen Katastrophen auf dem Wasser und gesunkenen Schiffen und deren trauriges Schicksal, wie zum Beispiel von dem ausgebrannten Holzdampfer Pallas vor Amrum.

Von Schiffen die jetzt sicherlich wie die Hansekogge „Roland von Bremen" von Pilzen zerfressen werden. Geschichten, die er oft in Büchern gelesen hatte.

Schließlich verabschiedete er sich freundlich von dem Maler um einige Meter weiter zum Jachthafen zu gehen. Gleich rechts am Anfang bestaunte Hans-Werner zwei nebeneinander festgemachte tolle Freizeitsegeljachten.

Auf der ersten, von ihm aus gesehen, saßen zwei Männer, sie vertrieben sich die Zeit mit einem Brettspiel, welches er anfangs nicht recht identifizieren konnte. Fasziniert sah er aber schon bald, dass es sich um das "königliche Schachspiel" handelt. Fachkundige Neugierde erwachte sofort in ihm und so blieb er einen Moment stehen. Mit gespielter Interessenlosigkeit schaute er auf die beiden Spieler. Zu gern würde ich ihnen über die Schulter schauen und dabei Kiebitz sein, dachte Hans-Werner. Doch die Männer pausieren gerade. Sie befinden sich anscheinend in diesem Moment in einer längeren Nachdenkpause, die für sie offensichtlich ganz wichtig ist, weil sie nehmen dabei diverse geistige Getränke zu sich. Dies natürlich wohl nur, um ihren Denkapparat zu stimulieren, vermutete Hans-Werner.

Während dieser Nachdenkpause hörte er, obwohl er gar nicht zuhören wollte und das Mithören rein zufällig war, wie der eine plötzlich seinem Gegenüber erklärt: „Unsere Frauen sollten nicht mehr mit an Bord kommen. Jedes Mal ist immer irgendetwas Schlimmes passiert wenn sie dabei waren. Frauen bringen an Bord nur Unglück".

„Ja, antwortete sein Gegenüber, das ist mir auch schon aufgefallen". „Aber mir fällt spontan gar keine Lösung ein, wie sollen wir es ihnen erklären". Stille herrschte, die Herren grübeln angestrengt.

Auf der zweiten Jacht, sie liegt direkt rechts neben der ersten, ließen es sich in der Zwischenzeit zwei Damen, offensichtlich die Ehefrauen der Schachspieler beim Schampus gut gehen. Mehrmals prosteten sie den Männern gut gelaunt lachend über die Reling zu.

Plötzlich, ohne Ankündigung und ganz unerwartet rief nun die eine Dame den Männern zu: „Wir haben uns für unsere maritime Zeit hier an Bord gerade Gedanken gemacht. Und nach reiflicher Überlegung und damit ihr beiden für die Zukunft informiert seid, haben wir uns nun für diese Variante entschieden".

„Also, ihr habt ab sofort Schiffsverbot. Uns ist nämlich schon ganz oft aufgefallen, dass ihr, wenn ihr an Bord seid, immer nur Blödsinn macht und uns nachts dadurch den Schlaf raubt. Immer müssen wir auf euch aufpassen damit ihr, weil betrunken, beim Pinkeln nicht über Bord fallt".

Obwohl es mich gar nichts angeht, dachte sich Hans-Werner spontan für sich, das ist ja prima dann ist ja alles wieder im Gleichgewicht.

Eine resolute Belehrung

Als ich sie danach fragte, erzählte mir später seine ältere Schwester, Jens ist gerade erst drei Jahre alt. Aufgeweckt und überhaupt nicht ängstlich wuselt der Zwerg nämlich zwischen den Gästen des Strandrestaurants „Pitschis" an der Strandpromenade von Wyk umher. Er läuft von Tisch zu Tisch, verweilt einen Moment und erzählt in seiner eigenen Sprache Unverständliches. Sein Redefluss ist grenzenlos.

So dauerte es auch nicht lange und Jens

beglückt mit seinem Besuch auch das Ehepaar aus Bremen. Selbstbewusst steht er vor ihrem Tisch und hat sich „Opa", wie er immer wieder zu der männlichen Person sagt, als Redepartner ausgesucht. Er spricht und spricht, und fuchtelt mit hocherhobener rechter Hand herum. Eine kleine bunte Schachtel hält er dabei umklammert. Offensichtlich will er unbedingt seinen Besitz zeigen. Aufgeregt springt er dabei von einem Bein auf das andere. Geräuschvoll hüpft dabei der Inhalt des Pappbehälters. Tragisch nur, der Kleine bemerkt nicht, dass der Klappverschluss geöffnet ist. Immer wieder fallen einzelne der bunten Schokolinsen heraus, verteilen sich auf Tisch und Sandboden.

Freundlich weist „Opa", der das natürlich beobachtet hat, den Zwerg auf seine permanenten Verluste hin. „Du, Kleiner, pass nur auf, du musst den Verschluss deiner Pappschachtel zu machen, sonst fallen dir alle süßen Sachen heraus".

Spontan stand der Knabe still und sichtlich verärgert baut er sich breitbeinig vor „Opa" auf. „Das ist aber keine Schachtel". Knapp, aber äußerst wirsch, ist seine schnelle Antwort.

„So, das ist also keine Schachtel, gut dann mache doch die Tüte zu". „Das ist auch keine Tüte", der Kleine machte sich gerade und sprudelt belehrend heraus: „Weil, das sind nämlich Smarties".

Das ist ein totsicherer Tipp

Es soll ja Menschen geben die niemals das wunderbare Glücksgefühl des Gewinnens erlebt haben, die immer leer ausgehen.

Auch Hans-Werner gehört zu dieser Gruppe der Pechvögel. Und weil ihm das schon seit Jahrzehnten bekannt ist vermeidet er jegliches Glückspiel und selbstverständlich auch den Kauf von Glückslosen.

Heute jedoch, er ist wieder einmal in der Stadt, ist er durch Zufall an einer Losbude der Bürgerparktombola am Liebfrauenkirchhof vorbeigekommen. An nichts bestimmtes denkend ist er stehen geblieben und beobachtet mit leerem Blick anteilslos, die Menschen die auf das große Glück hoffen.
Wirklich, er konnte es später gar nicht erklären warum er an diesem Tag seine seit Jahren selbst aufgestellten Prinzipien brach. Vielleicht war es das sonnige Frühlings-

wetter welches seine allgemeine Stimmung hob. Plötzlich jedenfalls, ohne ein erkennbares Zeichen, erfasste ihn eine federleichte Stimmung. Wie in Trance ging er in Richtung Verkaufsstand. Eigentlich bemerkte er dieses erst als er vor der Losbude stand.

Aber, anfangs ganz leise, dann jedoch immer öfter, meldete sich seine innere Stimme und warnte eindringlich. Sie erinnerte ihn, er möge doch an die wohl genzenlos vielen Nieten im kleinen Holzkasten denken. Ja, ich weiß das, ist schon gut, sprach er zu sich selbst und beruhigte so die permanent mahnende Stimme.

Trotzdem interessant wäre es schon zu wissen, grübelt er, wieviel von den "Nichtgewinnen", den Nieten, es wohl insgesamt bei so einer Ausschüttung gibt und ob sie auch gerecht unter den einzelnen Verkaufsständen in der Stadt verteilt sind. Ich werde einfach mal die Losverkäuferin fragen.

Seine pausenlos warnende innere Stimme, die immer wieder den Hinweis auf sein angeborenes Pech gab, beruhigte Hans-Werner schließlich damit, dass das verlorene Geld, falls es wieder nicht klappen sollte, ja für einen guten Zweck, für den Erhalt des Bürgerparks, sei. So ganz im Geheimen aber, hoffte er natürlich auf das große Glück beim Losekauf, auf den Hauptgewinn.

Ein Auto oder eine Kreuzfahrt als Gewinn bei der Bürgerparktombola, das wärs doch. Er frohlockte beinahe und war sich ganz sicher, heute wird es klappen.

Schon stand Hans-Werner bei der jungen und wie er empfand, besonders netten Losverkäuferin an der Lotterielosbude.

Ihr niedlicher, scandinavischer Akzent mit dem sie die Lose anpries, gefiehl im ausgesprochen gut. Dieser bewirkte wohl auch, dass seine permanenten negativen Gedanken blitzschnell verflogen.

Vielleicht kommt sie aus Dänemark, oder aus Schweden, dachte er sich. Aber das ist jetzt auch eher nebensächlich.

Hans-Werner zögerte nicht, vertraute der jungen Dame voll, und griff guten Mutes in die Holzkiste. Langsam und mit Bedacht zog er die ersten vier Lose heraus – und - ohne Gewinn. Die natürlich sofort aufkommenden Bedenken verunsicherten ihn natürlich, trotzdem kaufte er nochmals fünf - und dann, weils immer noch nicht geklappt hat - noch mal drei, wieder nichts.

```
1. Die Lotterie ist durch den Senator für Inneres und Sport
   am 25.11.2014 genehmigt.
2. Den Vorschriften über die Lotteriesteuer ist nach der Be-
   scheinigung des FA Bremen-Nord vom 25.11.2014 genügt
   (§ 43 RennwLottg-AB).
3. Es gelten die ausgelegten Ausspielungsbestimmungen.
4. Die Gewinne ergeben sich aus den Gewinnlisten, die in
   den Gewinnausgabestellen eingesehen werden können.
5. Gewinnanspruch erlischt 14 Tage nach Verkauf der
   letzten Lotterie.

   Durch Ihren Loskauf unterstützen Sie
         den Bürgerparkverein.

LOTTERIE:                              KEIN GEWINN!
BPT
        24      000000
2015
          WIR DANKEN FÜR IHRE SPENDE!
```

Die ältere Dame die die ganze Zeit geduldig still und unauffällig direkt hinter ihm gestanden und gewartet hat und ihm offensichtlich bei seinen vergeblichen Versuchen interessiert zuschaute, war ihm überhaupt nicht aufgefallen, er bemerkte sie erst jetzt.

Freundlich lächelnd schaute sie Hans-Werner an. Sie vermittelte ihm den Eindruck als wüßte sie die perfekte Gewinnlösung. Sie sagte aber nichts. Langsam, beinahe aufreizend, griff sie schließlich in den Holzkasten, zog ein Los heraus und – hatte offensichtlich einen der Hauptgewinne in der Hand.

Hans-Werner konnte es nicht glauben. Das geht nicht mit rechten Dingen zu, dachte er sofort. Es sah jedenfalls so aus, als wäre dieser Gewinn regelrecht von ihr geplant.

"Sie sollten es genau so machen wie ich, junger Mann", erklärte die alte Dame ihm freundlich als sie sein bedröpeltes Gesicht wahrnahm.

"Es ist doch ganz einfach, sie müssen nur ein wenig Zeit mitbringen, und in Ruhe den Verkaufsstand und die Käufer genau beobachten".

"Wenn sich dann das Gesicht eines Loskäufers so nach der vielleicht 15. Niete total verfinstert, wie zum Beispiel bei ihnen vorhin, dann ist es genau der richtige Zeitpunkt, ein großer Gewinn ist ihnen sicher". "Ich habe einfach nur mitgezählt und gesehen, dass sich das mit den Nieten bereits durch sie erledigt hat".

"Sie hatten doch bereits zielsicher alle aus der kleinen Holzkiste herausgefischt".

"Also, junger Mann, versuchen sie beim nächsten Loskauf doch einmal meinen Tipp, beobachten sie genau, und dann greifen sie einfach zu. Es klappt bestimmt, da bin ich mir ganz sicher".

"Wirklich, junger Mann, das ist ein totsicherer Tipp".

Einladung zum Klassentreffen

Sie kennen sich schon seit Jahrzehnten, denn sie leben im selben Ort und sind einst zusammen eingeschult worden.

Als sie sich nun zufällig trafen, begrüßen sie sich, wirklich überschwänglich: Ach, wir haben uns ja schon eine Ewigkeit nicht mehr gesehen. Wir sollten zu Elke gehen und einen Kaffee in ihrem Cafe trinken. Es gibt bestimmt viel Neues zu erzählen. Wenig später sitzen die beiden älteren Damen gemütlich an einem Tisch. Sogleich beginnen sie sprudelnd zu erzählen.

„Stell dir mal vor, legt die eine gleich los, es war wohl so vor vierzehn Tagen, als ich meinen Briefkasten öffnete und einen Brief darin fand. Ich wusste zuerst überhaupt nichts mit dem Schreiben anzufangen, weil, den Namen des weiblichen Absender kannte ich nicht. Überrascht war ich dann aber schon, als ich das Couvert geöffnet hatte. Ich las eine Einladung zu einem Klassentreffen. Das Zweite nach beinahe vierzig Jahren stand da geschrieben".

„Du kannst dir bestimmt vorstellen, dass ich richtig aufgeregt war. Ein Klassentreffen nach so langer Zeit". „Ob man sich überhaupt noch erkennt, ging mir spontan durch den Kopf". „Und die Namen, ich habe die meisten vergessen".

„Aber, ich kann es schon vorwegnehmen, es war für mich ein großer Reinfall".

„Was ist passiert, fragt nun die andere interessiert zuhörende Gesprächspartnerin, wie kam denn das"?

„Also das war so, als Treffpunkt war unsere ehemalige Schule und der Klassenraum in dem wir damals unterrichtet wurden angegeben. Nach der offiziellen Begrüßung durch den Organisator und einer allgemeinen Beschnupperstunde sollte es als Überraschung ein gemeinsames Essen geben. So jedenfalls stand es geschrieben. Das klingt doch gut, dachte ich, und war von der Idee durchaus begeistert.

„Ja, antwortet ihre Gesprächspartnerin, das klingt wirklich gut".

„Eigentlich habe ich mich sehr gefreut die ehemaligen Klassenkameraden wieder mal zu sehen. Ich muss gestehen, dass ich durchaus auch ein wenig neugierig war, zu hören, wie es ihnen in den verflossenen Jahrzehnten ergangen ist und was aus ihnen so geworden ist und wo sie heute leben".

„Weißt du, die Schule zu finden, war für mich kein Problem, das war ja einfach, die kannte ich doch. Aber, und da ging es schon los, den ehemaligen Klassenraum, in dem das Treffen stattfinden sollte, habe ich nicht gefunden. An ihm bin ich offensichtlich immer glatt vorbeigelaufen".

„Ich lief also im Flur immer auf und ab, solange bis mir schließlich einige ältere Herrschaften auffielen, die ganz gezielt einen bestimmten Raum ansteuerten und ihn dann betraten".

„Dort könnte es sein, dachte ich, obwohl ich schon jetzt zu zweifeln begann, denn sie kamen mir alle viel zu alt vor". „Ich werde trotzdem einfach hinterher gehen, und schauen, ob ich bei den Anwesenden einige der Ehemaligen wiedererkenne".

„Du hast doch bestimmt viele wieder erkannt, oder"?

„Ich habe mich wirklich bemüht, schaute wirklich jeden intensiv an. Aber es war furchtbar, ich erkannte nicht einen".

Ich war mir inzwischen sicher. Hier bist du falsch, das können nicht deine ehemaligen Klassenkameraden sein. Die sehen doch alle so grau, alt und faltig aus! Die sind doch alle viel älter als du. Es muss ein anderer Jahrgang sein.

Nein, ich habe es schnell bemerkt, das kann hier nicht richtig sein. Es muss sich um ein anderes Klassentreffen handeln. Bestimmt trifft sich hier zufällig ein viel älterer Jahrgang.

Bestimmt warst du nur im falschen Klassenraum, beruhigte ich mich.

Plötzlich, ich konnte es gar nicht erklären, eigentlich ohne Grund, stieg eine unheimliche Unsicherheit in mir auf. Ich zweifelte plötzlich an mir. Hast du dich eventuell im Datum geirrt und das Klassentreffen ist an einem ganz anderen Tag? Nein, das kann nicht sein, so alt bist du doch noch nicht. Termine bekommst doch noch nicht durcheinander, beruhigte ich mich.

„Ich werde die Schule einfach wieder verlassen und nach Hause fahren, entschloss ich mich spontan.

„Aber stell dir das Mal vor, was dann passierte. Beinahe hätte mich beim Verlassen des Raumes der Schlag getroffen. Ich hatte mich nämlich noch einmal kurz umgedreht, um in den Klassenraum und auf die vielen alten Menschen zu schauen, als mein Blick zufällig auf die geöffnete Klassentür und auf das dort angeklebte bunte Plakat fiel.

Es traf mich wirklich hart, was ich da lesen musste, sagt sie zu ihrer Bekannten. Denn mit großen bunten Buchstaben stand doch dort geschrieben:

Herzlich willkommen zu unserem zweiten Klassentreffen, liebe ehemaligen Mitschüler, und stell dir das mal vor, da stand meine Klasse drauf".

„Ja, das war sicherlich ein Schock. Ich kann es mir richtig vorstellen welch niederschmetterndes Gefühl es für dich gewesen sein muss", einfühlsam antwortet die Freundin.

„Aber glaub mir, das ist ja noch gar nichts". „Stell dir mal vor was mir neulich passiert ist. „Ich hatte also gerade meinen Zahnarzt gewechselt. Natürlich kannte ich ihn, den neuen, überhaupt nicht, als ich den ersten Behandlungstermin hatte".

„Also, ich lag schließlich nervös auf dem Zahnarztstuhl und dabei sah ich mir natürlich, verstohlen allerdings, meinen neuen Zahnarzt prüfend von der Seite an".

Irgendwie kommt er dir bekannt vor, kam es mir gleich in den Sinn, konnte es aber nicht klären. Es könnte ein ehemaliger Klassenkamerad sein, dachte ich. Aber als ich ihn mir dann genauer ansah, fand ich, dass das völlig abwegig sei.

„Der Mann hatte so viele Falten und nur noch ganz wenig Haare auf dem Kopf."

Aber es lies mir keine Ruhe, ich konnte es nicht lassen und habe ihm dann doch einige Fragen gestellt. Zum Beispiel, in welche Schule er damals ging und nach seinem Schuljahrgang, und seltsam, alles passte.

„Sie müssen in meine Klasse gegangen sein", habe ich ihm schließlich den Grund für meine Neugierde genannt.

Seine Antwort war kurz: „Was haben Sie denn damals unterrichtet?"

Aus kindlicher Sicht

„Ich kann mich noch gut an mein Zicklein erinnern, damals als ich gerade zur Schule gekommen bin". „Ich hatte es zu gern". „Weißt du, meine Lieblingstiere sind von Kindheit her nämlich Ziegen".

„Deshalb würde es mich wirklich riesig freuen, wenn wir einmal dem Ziegenhof hier auf Föhr einen Besuch abstatten, würden", sagte Frau Behrens überraschend zu ihrem Mann.

„Das passt doch gut, antwortet Herr

Behrens seiner lieben Frau, denn der Ziegenhof Matzen in Oevenum hat jetzt im Herbst immer über 40 Deutsche weiße Milchziegen in seinen Stallungen, habe ich im Inselprogramm gelesen".

„Nur in den Sommermonaten leben die Ziegen im Freien und genießen das saftige Gras der Oevenumer Marsch", weiß Herr Behrens zu berichten.

„Wir sollten gleich zum Ziegenhof fahren, denn dort kommt es heute am Nachmittag zu einem besonderen Event. Es ist nämlich eine Führung durch die Stallungen vorgesehen".

Die junge Bäuerin stand ganz nahe vor ihren Ziegen, als wir eintraten. Sie war im Halbdunkel des Stalles kaum zu sehen. Doch wir hörten sie. Angenehm klang ihre Stimme. Sie erzählte gerade ausführlich von ihren weißen deutschen Milchziegen und erwähnte, nur so nebenbei natürlich, auch von den hier auf dem Hof selbst hergestellten Ziegenmilchprodukten, die, was für ein Zufall, im Hofladen gleich nebenan zu erwerben sind. Manchmal streute sie auch kleine witzige Geschichten über die Ziegen mit ein.

„Sie bemüht sich wirklich ihren Vortrag interessant zu gestalten", flüstert Herr Behrens seiner Frau zu.

Aufmerksame Stille herrschte bei den vielleicht zehn interessiert zuhörenden Besuchern. Nur bei einem kleinen Mädchen im Hintergrund, in der dritten Reihe, ist leichte Unruhe zu bemerken.

Das wohl dreijährige Mädchen steht dort fest an ihre Mama angeschmiegt. Ängstlich schaut sie hinter ihr hervor. Es ist ihr hier offensichtlich alles unheimlich. Nicht nur die Angst vor den Ziegen ist es, nein auch der dumpfe Geruch in der warmen, stickigen Stallatmosphäre ist ihr wohl auch sehr unangenehm. „Das riecht hier aber komisch", sagt sie schon vor Beginn des Vortrages. Allein mochte sie überhaupt nicht gehen. Bei jedem Geräusch zuckte sie erschreckt zusammen. Besonders wenn die neugierigen Ziegen ihre gehörnten Köpfe durch das Stallgitter der Boxen steckten, und dabei die Besucher anschubsen und so um Leckerlis bettelten.

Wirklich, eine unheimliche Situation für die

Kleine.

Die gut gemeinten, erklärenden Worte der Bäuerin zeigten bei dem Mädchen keinen besonderen Erfolg. Sie hörte sowieso nicht zu. Mehrmals äußerte das Kind seine Angst und möchte unbedingt auf Mamas Arm. Erst als die beiden im Gang einen Schritt zurücktraten, und dadurch etwas mehr Abstand zu den Ziegen entstand, beruhigte sich die Kleine. Nun stand sie still und ruhig und beobachtete aus sicherer Entfernung die Tiere. Plötzlich, wie aus heiterem Himmel, überraschte sie mit der Feststellung: „Guck mal Mama, die eine Ziege hat aber einen großen Pippimann."

Mama ist regelrecht verwirrt. Nein, erklärt sie ihrer Tochter, hier gibt es doch nur Ziegen und die haben doch keinen Pippimann.

„Wo soll der denn sein"?
Mit ausgestrecktem Finger zeigt die Kleine zielsicher auf das prall gefüllte Euter der Ziege direkt vor ihnen.

„Guck doch einfach mal, da unten", war ihre klare Antwort.

„Aus kindlicher Sicht, flüstert Frau Behrens ihrem Mann zu, hat sie gar nicht so unrecht".

Das ist doch ewig lange her

Neulich habe ich bei unserem Aufenhalt auf Föhr im Inselboten einen interessanten Beitrag über aussterbende und verschwunden Berufe auf dem Festland gelesen. Ich habe das wirklich mit großem Interesse gelesen und sofort versucht mich an meine Jugendzeit zu erinnern, damals als es noch Berufe und Arbeitsplätze für jedermann gab.

Die meisten Arbeitsplätze waren damals für Menschen ohne Abitur und mehrjährigem Studium, denn studieren konnten nur wenige zu dieser Zeit. Für die jungen Leute war es nämlich üblich nach Beendigung der normalen Schulzeit sich bei einem Handwerksmeister zu bewerben um bei ihm, meistens für 3 Jahre, in die Lehre zu gehen um ein Handwerk zu erlernen.

Je länger ich darüber nachdenke bemerke ich, dass sich wirklich viel verändert hat. Viele dieser Arbeitsplätze sind heute offensichtlich nicht mehr modern und deshalb unbeliebt, oder werden einfach nicht mehr benötigt. Berufe die von der Zeit überholt wurden.

Was glaubst du wie oft ich als kleiner Junge, nach Schulschluss, auf dem Heimweg noch für einen Moment zum Stellmacher gegangen bin. Ich war fasziniert vom Geruch des Knochenleims, der in einem großen Pott auf dem mit Abfallholz beheizten Ofen in der Werkstatt stand und den ganzen Tag vor sich hinköchelte und von der handwerklichen Geschicklichkeit mit der der Meister zum Beispiel Räder für Ackerwagen und andere landwirtschaftliche Geräte aus Holz herstellte oder sie reparierte.

In anderen Gegenden oder Ländern wurde der Stellmacher auch Wagner oder Radmacher genannt, hat mir Herr Wille, der Stellmacher, damals erzählt.

Auch der Beruf des Schweizers fällt mir ein. Auch ihn habe ich oft im Kuhstall bei den Bauern im Dorf beim Melken beobachtet.

Zu dieser Zeit hatte in den ländlichen Regionen, beinahe jeder größere Bauer, neben seinen angestellten landwirtschaftlichen Gehilfen, die es heute ja auch nicht mehr gibt, auch einen Schweizer.

An viele verschiedene Handwerker kann ich mich erinnern die für das Dorfleben besonders wichtig waren. Ich denke da an den Schmied, an den Schneider und auch an die zwei kleinen Käsereien.

Auch einen Küfer, der aber damals nur Böttcher genannt wurde, hatten wir im Dorf. Dieser Handwerker stellte Fässer, Behälter wie Mollen oder andere Gefäße, meist aus Holz, her.

Heute werden dafür moderne Maschinen eingesetzt, um die Arbeitszeit zu verkürzen und schnellere Abläufe zu gewährleisten. Dort werden zum Beispiel auch Nischenprodukte wie Holzbadewannen oder Saunatauchbecken hergestellt.

Und just in diesem Moment fallen mir weitere verschwundene Berufe ein. Ich denke da besonders an den Fahrstuhlführer. Es ist doch gar noch nicht so lange her da hatte jedes größere Kaufhaus in der Stadt auch einen Fahrstuhlführer. Denn Personenaufzüge zur Selbstbedienung gab es noch nicht. Dieser Fahrstuhlführer bediente, beinahe amtlich, also den Fahrstuhl. Bei jedem Halt, und wenn sich die Tür öffnete, wurden die wartenden Kunden freundlich von ihm begrüßt. Dann fragte er nach der gewünschten Etage und bediente die entespechenden Druckknöpfe. Selbstständig durfte nämlich niemand fahren.

Auch gab es an jeder Tankstelle einen Tankwart. Tankwart war damals nämlich ein 3jähriger Lehrberuf der sich um alle Belange des Autofahrers kümmerte.
Sobald nun ein Auto auf das Tankstellengelände fuhr und der Tankwart nicht gerade einen anderen Kunden bediente, kam er und fragte nach der Kraftstoffart – was tanken sie Super oder Normal - und nach der Menge an Litern, mit denen er den Tank befüllen soll. Denn Volltanken war überhaupt nicht üblig. Auch schaute er immer nach dem Ölstand, reinigte die Scheiben automatisch, und fragte den Autobesitzer nach weiteren Wünschen, und das alles kostenlos. Selbstbedienung an der Zapfsäule war zu dieser Zeit überhaupt nicht möglich,

Und als Reisender der Deutschen Bundesbahn, wie sie damals noch hieß, kaufte man seine Fahrkarte nicht Online, nein, es gab noch Fahrkartenschalter auf jedem Bahnhof oder wenn man es ganz eilig hatte, löste man direkt beim Schaffner im Zug. Natürlich musste man auch, bevor man auf den Bahnsteig gehen konnte an einem Fahrkartenkontrolleur, der in einem kleinen Häuschen saß, vorbei. Er prüfte, wie sich das gehört, genau die Gültigkeit des Fahrscheines. Auch musste man, wenn man als Begleitung nur auf den Bahnsteig gehen wollte, eine Bahnsteigkarte erwerben.

Und den Fahrschein für eine Fahrt mit der Straßenbahn, bezahlte man damals noch in der Bahn beim Schaffner. Denn in jeder Straßenbahn gab es neben dem Fahrer auch einen Schaffner der während der Fahrt kontrollierte oder sich bei jeder Haltstelle schnell auf einem erhöhten Sitz im Waggon setzte. Dort erwarben auch die neuen Fahrgäste ihren Fahrschein. Das Abzählen von Wechselgeld ging durch den Hebelmechanismus seiner umgehängten Galoppwechslertasche, die aus vier bis sechs

Metallröhren für die verschiedenen Münzwerte bestand, blitzschnell. Oben waren die Röhren mit je einem größeren Einwurfschlitz für die Eingabe des Geldes versehen und nach Betätigung eines Hebels kam unten jeweils das passende Rückgabegeld heraus.

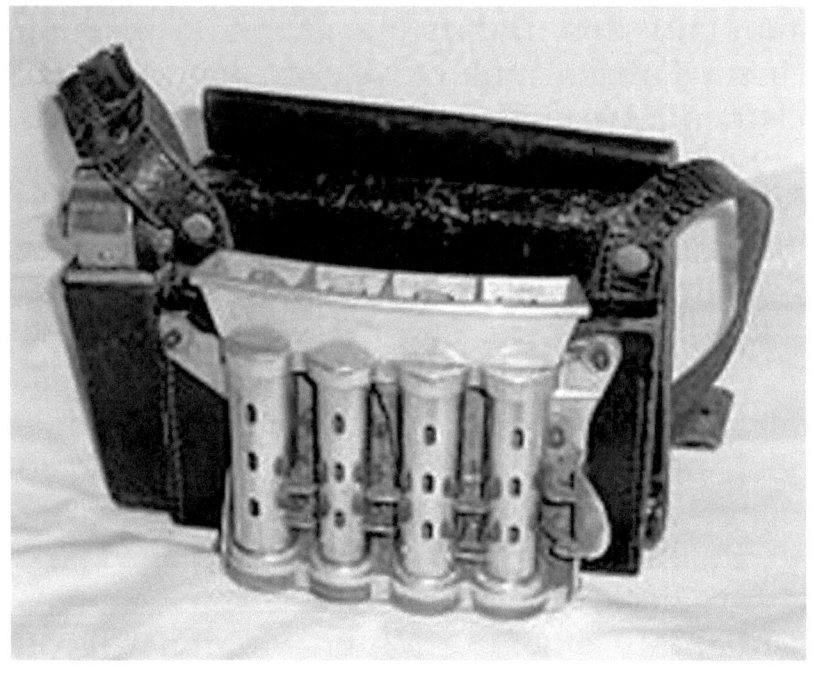

Aber, das ist doch ewig lange her, vergessen, das gibt's heut nicht mehr.

Und in jedem größeren Mehrparteienmietshaus war ein Hausmeister angestellt der sich um alle Belange die an und in so einem großen Haus anfallen können kümmerte.

Auch gab es auf jedem größeren Parkplatz einen Parkplatzwächter an dem der Autofahrer vorbei musste. Ganz still saß er dort in einem kleinen Häuschen verkaufte das Billet und beobachtete den Parkplatz.

Viele Menschen fanden auch Arbeit und Auskommen zum Beispiel in Bremen im Hafen als Festmacher oder einfach als Hilfsarbeiter beim Löschen von Baumwolle oder Kaffee, damals allerdings als es noch einen Hafen gab.

Das war einmal. Das ist doch ewig lange her, das gibt's heut nicht mehr.
Das Rad der Zeit lässt sich nicht mehr zurückdrehen. Heute bucht man Bahntickets online am PC und der Lehrberuf des Tankstellenwartes ist ausgestorben. Heute bedient sich jeder Autofahrer selbst an der Zapfsäule.
Den Fahrstuhlführer und den Park-

platzwächter gibt es auch nicht mehr. Und Hilfsarbeiter im Hafen, die jeden Morgen über den Rundfunk informiert wurden auf welchem Schiff wie viele unterschiedliche Arbeiter benötigt werden, die gibt es auch nicht mehr.

Auch das ist doch ewig lange her, ist beinahe vergessen, das gibt es heute nicht mehr.

Wie wird es wohl in Zukunft, vielleicht in 20 Jahren sein. Werden dann Unternehmen noch Hilfsarbeiter benötigen? Es werden keine da sein, oder müssen dann die unendlich vielen Akademiker die es dann geben wird diese Positionen einnehmen?

Ja, wenn man so grübelt, kommen durchaus wehmütige Erinnerungen auf.

Hier bleibe ich nicht

Obwohl Thore noch nicht zur Schule geht und deshalb auch nicht lesen kann, kennt er trotzdem alle Vereine der deutschen Fußballbundesliga. Er erkennt sie einfach am Schriftbild und an den Vereinsfarben. Das ist überhaupt kein Problem für ihn. Der fünfjährige Knabe ist nämlich ein begeisterter Anhänger dieser Sportart. Auch die Fußballregeln und alle Namen der Spieler seines Lieblingsvereins, SV Werder Bremen, kennt er natürlich.

Er ist halt ein richtiger Fachmann, ein echter grüner Fan. Viele diverse Trikots seines Vereins besitzt er und trägt sie auch stolz, beinahe zu jeder Tageszeit, und richtig gut schlafen kann er nur in seiner grünweißen Bettwäsche.

Auch die Zimmerwand hinter seinem Bett ist grün gestrichen und auf ihr prangt riesengroß, neben den Namen und Rückennummern verschiedener Spieler, mittendrin das große weiße „W". Und wenn man ihn befragt, spricht er selbstbewusst immer nur von „Werder".

Doch im Moment ist er weit entfernt von seinem Lieblingsverein. Er ist nämlich gerade in Wyk auf Föhr und verlebt hier auf der Insel mit seiner Familie einige Tage Herbsturlaub.

Gern ist er hier, besonders am Südstrand. Hier zu toben macht ihm riesigen Spaß.

Jetzt Ende Oktober ist das Wasser der Nordsee allerdings schon recht kalt und baden und schwimmen sind nicht mehr möglich, trotzdem findet er dieses Wetter ganz toll. Es eignet sich doch hervorragend zum Toben. Und so rennt er pausenlos am Strand entlang. Dass er durch die viele Rennerei schließlich extremen Durst und großen Hunger bekommt, ist ja ganz normal.

"Das ist doch kein Problem", sagt Mama.

„Wir gehen einfach zu "Schapers", in das kleine Strandbistro, da können wir gemütlich essen und etwas trinken.

Super sagt Thore und freut sich schon riesig. Als die Familie nun den kleinen Gastraum betritt ist die Enttäuschung groß. Die wenigen Tische des kleinen Bistro sind alle besetzt. Etwas ratlos stehen sie noch in der Mitte des Raumes und beraten, als sich in diesem Moment gerade Gäste an einem der Tische erheben. Toll, das passt prima.

Blitzartig rennen Thore und seine Schwester los und nehmen ihn in Beschlag.

Die Getränkekarte in der Hand haltend, fragt Mama die kleine Runde, nach ihren Wünschen. Alle äußern sich, nur Thore nicht. Ganz still sitzt er, anscheinend hatte der Zwerg die Frage nicht gehört, er reagiert überhaupt nicht, wirkt sehr abwesend. Plötzlich aber meldet er sich überraschend doch zu Wort. Mit unüberhörbarer, sehr verärgerter Stimme schnauzt er seine Mama an: "Du brauchst für mich gar nichts zu bestellen, hier bleibe ich nicht länger. Hier gehe ich sofort wieder raus". Was ist denn los, fragt sie überrascht und sorgenvoll.

Empört springt der Knabe auf und zeigt mit der ausgestreckten Hand auf verschiedene Fußball-Fanartikel, die an der Decke des Bistros und am Tresen hängen.

Er zeigt auf den braunen Schal und die verschiedenen Wimpel eines Hamburger Fußballclubs und ruft nochmals äußerst empört: "Nein, hier bleibe ich nicht, das sind hier nämlich alles "Pauli-Fans".

Gehbehindert

In der Innenstadt wimmelt es am frühen Nachmittag von Menschen, jetzt kurz vor Weihnachten. Auch ein wohl 10jähriger Knabe gehört zu ihnen. Er ist gerade auf dem Heimweg vom Weihnachtsmarkt.

Aber dieser Weg ist für ihn eine wirklich schwierige Angelegenheit. Denn er quält sich richtig, und das bei jedem Schritt. Jede Bewegung fällt ihm sichtlich schwer.

Er ist offensichtlich behindert und kann dadurch nur eingeschränkt laufen. Er hinkt, weil sein rechtes Bein ist steif und unbeweglich.

Gerade will ihm auch noch die Straßenbahn davonfahren, obwohl er schon versucht hat schneller zu gehen. Aber er hatte diesbezüglich wirklich viel Glück. Eine freundliche, ältere Dame die schon in der Bahn saß hatte dem Straßenbahnfahrer besorgt zugerufen: „Warten Sie doch bitte einen Moment, ein gehbehinderter Junge möchte auch noch mitfahren."

Jetzt, so kurz vor Weihnachten, ist die Bahn besonders gut besucht und beinahe alle Sitzplätze sind belegt. Der Zehnjährige kann dadurch keinen Platz finden. Aber auch jetzt kommt ihm die ältere Dame sofort wieder zur Hilfe. Zu ihrem Nebenmann gewandt sagt sie durchaus freundlich: „Rutschen Sie doch bitte ein bisschen weiter, damit der Kleine mit seinem schlimmen Bein auch noch sitzen kann."

Es ist ein zu Herzen gehender Anblick, wie verquer dieser arme Junge auf der Bank sitzt, wie er sich quält. Er sitzt seltsam steif und hat den rechten Fuß vorsichtig in den Gang gestreckt, weil er wohl das Bein nicht abbiegen kann. Verstohlen und durchaus einfühlsam schauen die anderen Fahrgäste auf Jungen.

„Tut es denn sehr weh?", fragt schließlich mitfühlend ein Fahrgast gegenüber. „Nein, weh tut es nicht, bloß abbiegen darf ich das Bein nicht."

„Wie bist Du denn dazu gekommen, zu deinem schlimmen Bein, hast du einen Unfall gehabt?" „Nein, ich hatte keinen Unfall, ich war nur auf dem Weihnachtsmarkt."

„Und da ist dir das Malheur passiert?", fragt nun eine andere ältere Frau teilnahmsvoll. „Es ist wohl ganz schlimm gewesen?"

„Passiert ist mir wirklich nichts", antwortet der Junge wahrheitsgemäß. „Ich habe mir auf dem Markt nur eine schöne Christbaumkugel gekauft".

Alle Blicke richten sich jetzt neugierig und verständnislos auf den Jungen und jeder hofft offensichtlich auf eine einleuchtende Erklärung. „Mein Problem ist ja nur die Kugel". „Die habe ich doch hier in meiner rechten Hosentasche, erklärt er freundlich, und wenn ich das Bein abknicken würde, wäre doch die schöne Kugel hin."

Ein Handspiegel sollte es sein

Die befreundeten Damen, beide schon fortgeschrittenen Jahrgangs, waren wie jedes Jahr wieder für ein paar Tage auf der Insel. Und hier am Gemüsestand auf dem Wochenmarkt liefen sie sich zufällig über den Weg. Wir haben uns ja eine gefühlte Ewigkeit nicht mehr gesehen, finden sie.

So war es doch ganz normal, dass sie sofort losplauderten. Besonders die eine Dame redete ohne Pause, sie sprach aber nur von ihrem Geburtstag, den vor ein paar Tagen. Anfangs ohne Emotionen dann aber

immer impulsiver zählt sie dabei eine Reihe von Geschenken auf, die sie an diesem Tag von ihrem Gatten bekommen hatte.

„Du weißt schon, erklärt sie ihrer Bekannten, Geschenke, die man halt so im Alter bekommt". Alles bis auf eines, nichts Aufregendes, alle ganz allgemein, ganz normal.

„Große Geschenke erwarte ich sowieso keine mehr", hatte ich zu meinem Mann gesagt, als er mich nach meinen Wünschen befragte. „Ich benötige doch nichts und habe doch alles". „Allerdings über einen ganz einfachen Handspiegel würde ich mich

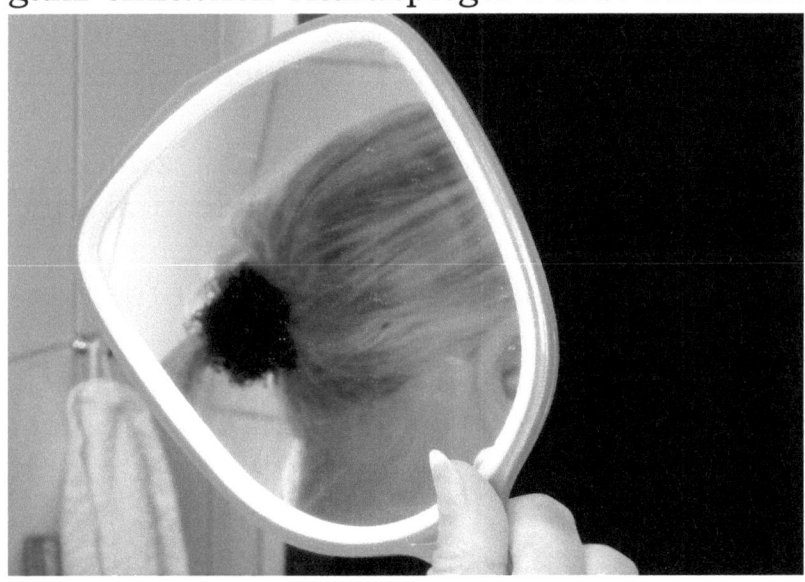

schon freuen, hatte ich ihm schließlich gesagt, als er überhaupt keine Ruhe gab".

"So einen Spiegel mit Stil, den man bequem in die Hand nehmen kann, um sich so von allen Seiten zu betrachten", weißt du.
Eigentlich gucke ich immer nur gerade aus in den Spiegel, aber mit dem Stielspiegel habe ich dann die Möglichkeit, mich auch mal von hinten zu sehen, zu schauen, wie ich dort aussehe und ob die Frisur am Hinterkopf noch sitzt".

„Aber stell dir nur mal vor, erklärt sie ihrer Bekannten, bedacht worden bin ich jedoch mit einem ganz erlesenem Exemplar eines Spiegels", sehr unzufrieden klingen ihre Worte.

„Es ist nämlich ein Model mit zwei verschiedenen Seiten. Eine Normale und eine die furchtbar vergrößert, über die ich mich dann allerdings auch ganz furchtbar erschrak, als ich hineinschaute".

„Ich hatte nämlich beim interessierten Ausprobieren des Spiegels zufällig die Vergrößerungsseite erwischt. Die Frisur von hinten sah normal aus, nichts Aufregendes, fand ich. Aber, als ich mich dann auch noch durch diesen Zufall in der Vergrößerung von vorn sah, traf mich der Schock schwer. Das hatte ich nicht erwartet. Ich habe mich anfangs gar nicht wiedererkannt. Spontan wurde mir klar, dass ich diesen Spiegel in Zukunft bestimmt nicht mehr benutzen werde. Ich wollte ja, wie gesagt, nur auf einfache Art meine Kopfrückseite mal kontrollieren.

Die befreundete Gesprächspartnerin hörte ruhig zu und schwieg mitfühlend. Manchmal nickte sie nur verständnisvoll ohne ein Wort zu sagen. Offensichtlich schien sie über den Sinn von Spiegeln im Allgemeinen und in diesem speziellen Fall nachzudenken.
„Vielleicht, murmelte sie schließlich und lächelt ihre Bekannte an, ist es ab einem gewissen Alter wirklich besser, wenn man einen Handspiegel ohne Vergrößerung benutzt".

Busfahrt nach Föhr

Georg Ahrens, der immer nur „Schorse" genannt wird, ist jetzt in Rente gegangen. 50 Jahre hat er als landwirtschaftlicher Gehilfe immer auf dem selben Hof gearbeitet.

Seine Arbeitsstelle, auf der er auch lebt, und sein Dorf, direkt an de Wümme, hatte er zuvor noch nie verlassen. Es gab bisher für ihn auch keinen Anlass dazu. Nein, es ist ihm nicht mal in den Sinn gekommen. Auch an Kulturellem hatte er bisher kein Interesse. Es fehlten ihm einach die Ideen und der äußere Anstoß dafür. Dazu kam für ihn ein weiteres, wirklich schwerwiegendes Problem und stoppte seine manchmal doch aufkommende Aktivität. Es haperte nämlich am Lesen und Schreiben bei ihm. Natürlich litt er dadurch unter großen Hemmungen. Und es ist doch ganz normal dass die im Laufe der Zeit entstandenen ängstlichen Gedanken ihn bremsten. Zu lange hat er allein, nur mit seinem Bauern, auf dem Hof gelebt. Jahrzehnte regelrecht isoliert fehlte ihm dadurch natürlich der Mut sich unter andere Menschen zu begeben.

Aber, er hatte ja bisher auch nichts vermisst. Glücklich und zufrieden lebte er mit seinen Hoftieren zusammen. Wirklich er war mit seinem Leben zufrieden.

„Du bist nun im Rentneralter, Schorse, jetzt musst du das aber ändern, du musst unbedingt unter Menschen", riet ihm noch vor Kurzem der Bauer". „Wenn du möchtest, werde ich dir dabei behilflich sein".

An einem Donnerstag war es. Der Weg bis zum Gemeindezentrum des Dorfes war nicht weit. Sie gingen die kurze Strecke gemeinsam. Der Bauer redete ohne Pause. Vielleicht wollte er Schorse dadurch auf andere Gedanken bringen, ablenken.

Es fand an diesem Tag ein Seniorenabend im Gemeindesaal der Kirche statt.
Schorse sollte mal ein wenig hineinschnuppern, hatte sich der Bauer gedacht.

Es war eine gute Idee. Denn der Abend und die Gemeinschaft der älteren Dorfbewohner gefielen Ahrens auf Anhieb wirklich gut und so schloss er sich spontan dem Altenkreis der hiesigen Kirchengemeinde an.

Einmal wöchentlich geht er nun ins Pfarrhaus zum Kaffee trinken und plaudern. Diese Begegnungen tun ihm sichtlich gut. Er freut sich die ganze Woche auf diesen Seniorentag.

Heute war es besonders aufregend für ihn. Frau Paulsen, die Leiterin des Altenclubs, hat eine Viertage-Busfahrt auf die Insel Föhr geplant. Altersgerecht sei sie, mit kleinem Programm. Auch eine Fahrt mit dem kleinen Ausflugsschiff „Hauke Haien" verspricht Aufregendes denn als Höhepunkt ist eine Fahrt zu den Seehundbänken und den Seehunden geplant, erklärt Frau Paulsen, den anwesenden Senioren.

„Schorse" freut sich schon riesig. Neugierig ist er natürlich und in hoffnungsvoller Erwartung. Schon weit vor dem Abfahrtstermin tifft er am Gemeindezentrum ein. Er ist aufgeregt. Noch nie ist er mit einem Bus gefahren und dann noch so eine weite Fahrt. Er ist regelrecht verwirrt.
Besonders neugierig ist er auch auf die anschließende Überfahrt mit der Fähre, von Dagebüll nach Wyk auf Föhr. Er kann sich den Ablauf dieser Reise überhaupt nicht richtig vorstellen, es ist ja alles so neu für ihn.

Richtig aufgewühlt und in bester Stimmung ist Ahrens, als er nach den vier

Tagen auf Föhr wieder im heimatlichen Dorf ist. Manchmal ganz plötzlich kommen sie dann die schönen erinnerungsvollen, Gedanken.

Beim ersten Altentreffen im Gemeindesaal als über die Reise gesprochen wurde, fragte Frau Paulsen ihn ein wenig neugierig: „Na, Schorse, wie hat dir dieser kleine Urlaub nach Föhr gefallen".

„Aufgeregt erklärt er, es habe ihm alles sehr gut gefallen, die Busfahrt, die Fahrt mit der Fähre und auch die Stadt Wyk". „Viel Spaß hat mir auch die Inselrundfahrt mit der kleinen Bimmelbahn, dem Friesenexpress, gemacht", sagte er.

„Aber am besten hat mir aber die Schifffahrt mit der Hauke Hain zu den Seehundbänken gefallen", erzählt er begeistert weiter. Wir hatten ja auch viel Glück, dass die Seehunde in der Sonne am Strand lagen.

„Und stell dir mal vor, sagt er zum Schluss zu Frau Paulsen der Reiseleiterin, ganz besonders verblüffend war für mich, dass ich, als ich auf dem Schiff stand, auf beiden Seiten Wasser sehen konnte".

Thema Nr. 1 – im Alter

Jeden Sonntag, immer genau um 12.00 Uhr, treffen sie sich bei Herbert, dem Wirt des hiesigen Dorfkrugs.

Herbert kennt die beiden älteren Ehepaare schon seit langer Zeit und zählt sie deshalb zu seinen sonntäglichen Stammgästen.

Es ist kurz vor 12.00 Uhr und Herbert wartet natürlich schon auf sie. Wie immer verlässt er deshalb auch heute rechtzeitig seinen Platz hinter dem Biertresen. Er weiß doch, dass diese Gäste auf die Minute pünktlich sind. An der Eingangstür seines Lokals begrüßt er die Vier ganz besonders freundlich, flaxt ein wenig mit ihnen und führt sie zu ihrem, natürlich nur für sie reservierten Tisch in der Ecke der Gaststube, das ist der Tisch direkt am Fenster. Nur dieser muss es nämlich sein, darauf bestehen sie.

Sie freuen sich schon die ganze Woche auf diesen Tag, bringt er ihnen doch etwas Abwechslung vom tristen Alltag. Es ist ihnen ja, aufgrund ihres Alters, nicht mehr viel an Aktivitäten geblieben.

Sie nutzen diesen Tag deshalb auch sich ein wenig, außerhalb der eigenen vier Wände, zu unterhalten, zu reden.

Meistens wird aus ihrer Jugendzeit erzählt, phantastische Geschichten aus der guten alten Zeit, wie sie sagen. Sie erinnern sich genau, wie schön es doch damals gewesen war.

Aber im Geheimen freuen sie sich auf das Wichtigste im Alter, auf das Mittagessen.

„Heute haben wir als Mittagsmenü – Dicke Rippe mit Salzkartoffeln und dicken Bohnen", hatte Herbert gleich nach der Begrüßung noch an der Eingangstür zu ihnen gesagt.

Natürlich sind sie einverstanden, bestellen gemeinsam und warten geduldig.

„Ihr seit doch gefühlte 50 Jahre immer im Urlaub auf die Insel Föhr gefahren". „Warum denn in diesem Jahr nicht mehr"? fragt der eine, etwas korpulente Mann seinen Gegenüber. „Nicht dass ich neugierig bin, es interessiert mich halt nur".

„Weißt du, wir wollten einfach nicht mehr". „Der Weg dorthin ist uns inzwischen auch zu weit und zu umständlich geworden, einfach zu anstrengend", erklärt ihm der Gefragte.

„Doch zu Hause sind wir deshalb natürlich nicht geblieben. Wir waren auch in diesem Jahr für ein paar Tage an der Nordsee. Wir sind nämlich in Büsum gewesen, das ist wesentlich näher, weißt du".
„So, nach Büsum seit ihr gefahren, wie hat es euch denn in Büsum gefallen"?
Knapp, schnell und aufschlussreich kam die Antwort: „Das Essen war gut".

Seltsames Schweigen

Neulich, an einem Samstagabend, sind Herr Behrens und seine liebe Frau wieder einmal in ihr Lieblingsfischrestaurant, mitten im Zentrum der kleinen Hafenstadt, gegangen.

Denn wenn es um Fisch geht, ist Klatt die 1. Adresse in Wyk, finden sie.

Natürlich hatten sie sich angemeldet. Das ist dort ganz besonders wichtig.

An einen Tisch am Fenster, mit Eckbank, waren Plätze für sie reserviert.

Neben ihnen, am Nachbartisch, saß eine fünfköpfige Familie, Vater, Mutter, Tochter und zwei Söhne. Das Mädchen mag vierzehn oder fünfzehn, die Jungen zwischen acht und vielleicht elf Jahre alt sein. Totale Stille herrschte bei ihnen am Tisch. Sie sprachen nämlich überhaupt nicht miteinander. Kein Wort kommt aus den Kindermündern, auch die Eltern schweigen. Es schien als wollten sie niemanden stören.

Total konzentriert schauten alle nur stur vor sich hin, in Richtung Tischplatte. Das fiel den beiden Alten sofort auf.

Die Kinder sind bestimmt sehr gut erzogen, vermutet Frau Behrens spontan, ohne allerdings genauer zum Nachbartisch zu schauen.

„Vielleicht sind sie von ihrem Naturel her schüchtern oder auch untereinander verzankt, oder und das kam ihr am logischten vor, sie sind alle taubstumm", flüstert sie ihrem Gatten hinter vorgehaltener Hand leise ins Ohr.

Lange dauerte die Stille jedoch nicht mehr, nur noch wenige Minuten. Das ist ja wirklich eigenartig, äußerst seltsam, finden sie. Erstaunt stellen sie nämlich fest, dass alle fünf Personen am Nachbartisch doch richtig laut reden konnten. Just in dem Moment, als ihr bestelltes Essen serviert wurde, war es nämlich mit der Stille vorbei.

Lange brauchten die beiden nicht zu grübeln, denn sie sind ja pfiffig und erkannten sofort den Grund für das plötzliche gemeinsame Reden der Familie am Nachbartisch. Möglichst unauffällig flüstert der Gatte seiner lieben Frau zu: „Sie benötigen doch ihre Hände für Messer und Gabel". „Womit sollen sie denn jetzt ihre Smartphones halten und bedienen"?

Diese lagen nun, aber nicht ausgeschaltet, ganz nah, sofort griff- und sichtbereit, vor ihnen, direkt neben ihrem Teller.

Wie lange mögen sie diesen Zustand aushalten ohne Entzugsschmerzen, denken die beiden Rentner und jeder runzelt die Stirn: „Es stimmt schon, Handys verhindern wirklich die Kommunikation".

„Doch manchmal sind sie offensichtlich auch ein Segen". „Dann nämlich, wenn niemand miteinander reden möchte".

Tierische Liebe

Auf der linken Straßenseite, gleich neben Olsen, hat Johann Jensen seinen Betrieb. Landwirte sind sie hier auf der Insel, die beiden Nachbarn.

Neben den vielen Kühen leben auf dem Hof von Johann Jensen zur Zeit auch ein kleines Hausschweinferkel und ein junger Mischlingswelpe. Welcher Rasse die Hundeeltern abstammen, kann man dem Kleinen nun wirklich nicht ansehen, aber das ist für diese Geschichte überhaupt nicht wichtig.

Obwohl sie doch beinahe unter einem Dach ihr Zuhause haben, wussten das Ferkel und der Welpe allerdings bisher nichts voneinander. Gesehen haben sie sich noch nie.

Ein Zusammentreffen der beiden war auch wirklich nicht möglich, dafür waren die Örtlichkeiten ihrer Kindheit auch zu unterschiedlich.

Jetzt aber, nachdem sie herangewachsen sind, änderte sich das rasend schnell. Schon morgens sind die Türen ihrer

Behausungen geöffnet. Sie nutzen dadurch ausgiebig ihren täglichen freien Ausgang.

Das Schwein hatte seinen Auslauf auf der direkt an den Hof angrenzenden Wiese, die bis hin zum nahen Entwässerungsfleet reicht und der Hund lief schnüffelnd kreuz und quer durchs Gelände. Er genoss regelrecht seine läuferischen, unbegrenzten Möglichkeiten.

Beide sind allerdings gerade, aufgrund ihres Alters, in einem schwierigen, hormonellen Lebensabschnitt. Die Schwelle zum Erwachsenwerden ist bei ihnen, naturbedingt, gleitend aber vollzieht sich rasend schnell. Von den ersten Details eines Liebeslebens waren sie deshalb nicht mehr weit entfernt.

Sein angeborener Instinkt und die sich rasant schnell vermehrenden Hormone verführte besonders den jungen Rüden immer öfter schon zu kleinen praktischen Übungen.

Und wie das Leben manchmal so spielt, liefen sich die beiden Tiere, bei ihren täglichen Aktivitäten, eines Tages rein zufällig über den Weg.

Sie, das Schwein, wühlte, wie immer in dem kleinen Schlammloch auf der Wiese und er, der Hund lief, wie immer, die unheimlich vielen neuen Gerüche und die Örtlichkeit erkundend, am nicht sehr hohen Weidezaun entlang.

Anfangs beachtete er das unbekannte, für ihn total fremde, wühlende Lebewesen wirklich nicht. Dann aber, in den folgenden Tagen, änderte sich das dramatisch. Eine unheimliche, innere Unruhe hatte ihn inzwischen befallen. Langsam und vorsichtig überwand er schließlich den Zaun um sich das erste Mal, durchaus ängstlich und sehr zögerlich, der Schweinedame zu nähern. Immer öfter, ja täglich, zog es ihn nun an den Rand der Wiese. Er konnte es nicht mehr verbergen, ja, er mochte die kleine Sau und brauchte unbedingt ihre Nähe. Offensichtlich war er in das Rüsseltier verliebt, ach, was, verliebt: Er begehrte es.

Ihre Sympathie füreinander konnten sie inzwischen nicht mehr verbergen und von nun an liefen sie, das junge Borstenvieh und der Hund, immer eng aneinander geschmiegt, gemeinsam über die Weide. Temperamentvoll, aber durchaus zärtlich, beschnüffelten sich die beiden Halbstarken immer wieder.

Der Hund war wie von Sinnen. Er konnte kaum noch an sich halten. Immer intensiver bedrängte er seine neue Freundin. Ein echter Draufgänger eben.

„Weißt du, wir sollten Hochzeit halten und viele kleine Kinder bekommen", winselte er ihr voller Ungeduld ins Ohr.

Die junge Schweinedame indes rührte sich nicht, stand ganz still. Ruhig überlegte sie und rümpfte dabei ihre rosarote Rüsselnase.

„Nein", durchaus verlegen hauchte sie schließlich ihrem neuen Freund in sein Schlappohr, „ich weiß nicht, ob das für uns wirklich gut ist".

„Ich glaube, leise ist ihre Stimme, ich sollte mich lieber nach einem jungen Eber umsehen, weil, überlege doch einmal, es gibt doch schon genug Schweinehunde auf der Welt".

Liebeserklärung

„Grundlos, einfach nur so, ohne schwer zu grübeln, überkommen mich manchmal seltsame Gedanken", sagt Herr Behrens eines morgens, zu seiner lieben Frau. „Dann sitze ich minutenlang ganz still in meinem Sessel, bewegungslos".

„Gestern war zum Beispiel so ein Tag. Es war wieder ganz besonders schlimm".

„Minutenlang erfasste mich eine große Traurigkeit, als ich an unsere Enkel dachte. Ich beneidete nämlich andere, mir wirklich völlig unbekannte Großeltern nur, weil deren Enkel im selben Ort leben".

„Sie haben doch das große Glück die Kleinen, ohne Entfernungsprobleme, öfter sehen zu können. Leider haben wir diese Möglichkeit nicht".

„Um unseren Zwerg regelmäßig in die Arme schließen zu können, ist die Entfernung zwischen seinem und unseren Wohnort einfach zu groß. Eine Zusammenkunft gibt es doch dadurch vielleicht nur fünfmal im Jahr. Eine innige Vertrautheit und enge Verbundenheit kann sich so nicht festigen, wie man es sich wirklich wünscht", denkst du eigentlich auch so?

„Schuld an diesen familiären Tragödien, von denen ja so viele betroffen sind, und da wirst du mir bestimmt recht geben, sagt Herr Behrens zu seiner Frau weiter, sind die heutigen modernen Arbeitsbedingungen der jungen Leute im Allgemeinen".

„Den Arbeitsplatz, ein Leben lang am selben Ort, wie es bei uns früher war, den gibt es wohl nicht mehr.

„Ich kann mich gar nicht erinnern, ob die Freude oder unsere Nervosität stärker war, als wir plötzlich die Nachricht erhielten, dass wir unseren vierjährigen Enkelsohn wegen eines familiären Notfalls für eine längere Zeit zu uns nehmen müssen".

„Ich glaube, dass es die Nervosität war". Und das ist doch wohl ganz normal ist und es wird auch niemanden wundern, dass die auf beiden Seiten groß war, als wir unseren Enkelsohn empfingen", sagt Frau Behrens.

„Aber, ich kann mich noch gut erinnern, wie schnell wieder Normalität eintrat. Nach-, dem die erste Anspannung für unseren

Knirps, allein ohne Mama und Papa, vorüber war, und wir mit der neuen Situation umgehen konnten, gewöhnten wir uns aber überraschend schnell aneinander".

Er genoss es regelrecht mich als einen prima Spielgefährten zu benutzen und wie glücklich war er jeden Abend wenn du als Oma nicht nur eine, sondern oft zwei Gute-Nacht-Geschichten vorgelesen hast", sagte Herr Behrens.

„Kannst du dich noch daran erinnern", fragte Herr Behrens seine liebe Frau weiter, wie atemberaubend es war, als wir nach einigen Wochen unserem Enkelsohn schließlich vorsichtig erklären mussten, dass er nun bald wieder zu seinen Eltern nach Hause müsse.

„Ganz besonders rührend empfand ich seine Reaktion auf unseren Hinweis, dass nun seine Zeit bei uns bald vorüber sei und auf meine Frage, wie es ihm den hier bei uns gefallen habe, als dann der Zwerg ganz eindeutig erklärte:

"Weißt du Opa, ich bleibe die ganze Zeit bei Oma, so lange bis sie stirbt!"

Männer sind total hilfsbereit

Männer sind wirklich total hilfsbereit. Das hat Hans-Werner neulich wieder auf dem Wochenmarkt in Oevenum erlebt.

Ohne Widerworte, weil es wäre sowieso zwecklos, ist Hans-Werner also an einem Donnerstag mit seiner lieben Frau auf den Bauernmarkt, rund um die Friedenseiche, gegangen. Meistens kann er sich vor solchen Unternehmungen drücken, obwohl er sie, wenn er erst einmal dort ist, durchaus interessant findet. Die Ankündigung seiner Frau: „Wir gehen heute auf den Wochenmarkt", kam zwar überraschend, aber es machte ihm deshalb überhaupt nichts aus.

Obwohl, viel Neues gibt es ja auf so einem Markt natürlich nicht zu sehen. Die edlen Gemüseangebote, wie Kohlrabi oder Kartoffeln, alles von der Insel, beachtet er überhaupt nicht, die interessieren ihn wirklich nicht. Aufregend aber sind für ihn die Menschen auf dem Markt.

Er hat es sich im Laufe der Zeit angewöhnt ruhig umher zu schlendern, zu schauen und dann stehen zu bleiben wenn er eine Gelegenheit zum zuhören erkennt. Dann beobachtet er aufmerksam die Marktbesucher. Zu gern lauscht er den oft durchaus witzigen Gesprächen zwischen den Standbetreibern und den Kunden zu.

So auch heute. Da steht also eine junge Frau am Gemüsestand des hiesigen Umlandwirtes. Sie steht ganz nah neben ihm, mit einem riesigen Einkaufszettel in der Hand und liest dem Mann mit der grünen Schürze ihre Gemüsewünsche vor.

„Gern noch einige Möhren, dazu gern noch einen Kohlrabi und von den wunderbaren neuen Kartoffeln gern 2 Kg." Sie redet und redet, ihre Einkaufsliste ist lang.

Schließlich verstummte die Dame und freundlich lächelnd fragt sie der Gemüsebauer: „Ist das alles oder haben sie sonst noch Wünsche?"

„Ja, die habe ich schon, erklärt die junge Frau, aber die werden sie mir nicht erfüllen können."

„Ach, antwortet verschmitzt der pfiffige Landmann von der Insel, vielleicht schon, ich würde mich wirklich tüchtig ins Zeug legen."

Männer sind halt total hilfsbereit.

Wetterbericht im Allgemeinen

Immer in der hoffnungsvollen Erwartung auf durchgehend gutes Wetter schauen die Urlaubsgäste natürlich jeden Morgen misstrauisch aus dem Fenster. So auch heute.
Denn der Wetterbericht der gestrigen vorabendlichen Fernsehnachrichten versprach für den heutigen Tag nichts Gutes. Es soll mal wieder so ein übler, schlechter Tag werden, mit durchgehend Regen und kühlen Temperaturen. Richtiges Schietwetter also, prophezeiten die Wetterfrösche. Wirklich miese Wetteraussichten für die Insel. Wie grauslich für die Urlauber auf Föhr. Natürlich stellte sich da sofort schnell Enttäuschung ein, auch bei den Kindern.
Eigentlich ja typisch zum Herbstanfang, denken sie im Stillen und beruhigen sich schnell mit dem Gedanken, dass man ja als Norddeutsche so ein Wetter nun wirklich gewöhnt ist. Radtouren und geplante Spieltreffs im Freien wurden deshalb schon vorausdenkend im Geiste abgesagt.

Auch die ortsansässigen Gastronomen

nahmen die Prognose offensichtlich auch sehr ernst und verzichteten für den kommenden Tag auf zusätzliches Personal für die Außenbewirtschaftung.

Doch was passierte an dem vorausgesagten Schlechtwettertag? Kein Tröpfchen fiel vom Himmel. Im Gegenteil, sogar ein paar Sonnentupfer waren zu sehen, und das bis zum späten Nachmittag.

Genauso wie am letzten Wochenende. Da wurde doch der Straßenflohmarkt auf dem Wochenmarkt am Hafen in Wyk wegen einer Schlechtwettervorhersage abgesagt. Und was passierte, es herrschte angenehmste Witterung,

„Die spinnen wohl langsam, die Wetterfrösche ", regen sich die Urlauber auf der Insel allgemein auf.

Wobei man aber mal ehrlich eingestehen müsste flüstern sie hinter vorgehaltener Hand: In der Mehrzahl lagen die üblen Prognosen zu unseren Gunsten daneben. Hoffen wir also, dass es so bleibt. Typisch Wettervorsagen eben.

Sterilisation

Neulich saß Hans-Werner wieder einmal in der Außenanlage seines Lieblings-Cafés. Zu gern sitzt er dort, einfach nur so, ohne an etwas Besonderes zu denken. Er möchte in dieser Zeit nur die Seele baumeln lassen, einfach in Ruhe nur entspannen. Das nimmt er sich jedenfalls immer fest vor.

Wirklich, dieser Tag heute war wie geschaffen nur auf die angenehmen Dinge des

Lebens zu achten. Ja, diesen sonnigen Nachmittag wollte er genießen. Eine gute Zeit also um mit seinen Freunden, den Spatzen, ein paar Stunden zu verbringen. Für sie hatte er, wie immer, einige Butterkekse von zu Hause mitgebracht. Es macht ihm wirklich Freude sie zu füttern und zwischendurch ein Glas Bier zu trinken und dabei dem Musikanten zu lauschen, gleich nebenan, der dort immer sitzt.

Manchmal, wenn es ihm in den Sinn kommt, spricht er auch leise mit den Spatzen. Er ist nämlich inzwischen fest davon überzeugt, dass sie ihn erkennen. Kaum das er seinen Stuhl am Tisch gerade gerückt hat, sind sie schon da. Dann kommt es ihm vor als hätten sie auf ihn gewartet. Geschwind wickelt Hans-Werner behände die Kekse aus der Verpackung, zerbröselt sie ein wenig und wirft der Spatzenschar kleine Stücke zu. Sie warten offensichtlich schon und beginnen sofort ihre flinke, überhaupt nicht ängstliche Suche nach den Krümeln vor seinen Füssen.
Aber eigentlich sind es auch die Silbermöwen die auf ihn eine riesige Faszination

ausstrahlen. Zu gern beobachtet er sie, staunt über ihre Flugkünste, besonders wenn sie mit viel Geschrei, frech und unerschrocken, und im Sturzflug den nichtsahnenden Urlaubern ihr Süßes direkt aus der Hand stehlen.

Stören lassen von negativen äußeren Einflüssen, nein, das wollte er heute wirklich nicht. Nur nicht über andere Menschen ärgern, das hatte er sich fest vorgenommen.

Das gleichmäßige Rauschen des nahen Meeres stört ihn überhaupt nicht, im Gegenteil. Dieses Geräusch harmoniert doch wunderbar mit seiner Stimmung.

Auch das Bier ist hervorragend gekühlt und passt zu der angenehmen Außentemperatur. Eigentlich ist alles gut. Wirklich heute wäre ein Tag um sich so richtig wohlzufühlen, wenn da nicht das junge, besonders inzwischen laute Paar am Nachbartisch gewesen wäre.

Ob sie schon länger dort gesessen haben, ist ihm anfangs überhaupt nicht bewusst geworden. Er hatte den jungen Mann und seine Begleiterin nämlich durch seine Beschäftigung mit den Spatzen gar nicht bemerkt. Wirklich sie fielen ihm bisher auch überhaupt nicht auf. Schließlich aber, als sie immer lauter zu diskutieren begannen, und die Spatzen dadurch erschreckt davonflogen, waren sie aber nicht mehr zu übersehen. Hans-Werner musste, ob er wollte oder nicht, ihrem Gespräch zuhören. Er gibt allerdings zu, dass ihm ihr Streitthema anfangs nicht eindeutig klar war.

Anfangs sprachen sie noch leise, sie nahmen wohl Rücksicht auf die Nachbarn. Schließlich aber wurde ihre Lautstärke immer intensiver, es artete beinahe schon zum Streit aus. Ohne Unterbrechung redete der Mann auf die junge Frau ein. Offensichtlich wollte er ihr ein Problem darlegen. Das heißt, in Wirklichkeit handelte es sich wohl gar nicht um ein Problem. Denn der Mann beteuerte ihr nämlich immer wieder: „Nein, nein, verstehe es bitte richtig, ich will das jetzt aber nicht zum Problem hochsterilisieren".

Es gärte inzwischen in ihm. Wirklich, er wollte sich nicht ärgern, er wollte doch ruhig bleiben. Das hatte er sich für den heutigen Tag doch fest vorgenommen. Er kämpfte. Mit aller Kraft versuchte er sich richtig zusammen zu reißen. Nein, er wollte sich heute nicht über fremde Menschen und deren immer wiederkehrende falsche Wortwahl, nämlich über die Sterilisation, ärgern. Aber, es fiel ihm verdammt schwer Ruhe zu bewahren.

Höre einfach nicht hin, versuchte er sich abzulenken. Achte nicht auf die jungen Leute, es geht dich doch nichts an. Aber das war wirklich nicht einfach, es kostete ihn unglaublich viel Kraft.

Dabei ging ihm sogleich der gutgemeinte Hinweis seiner Frau, als er aus dem Haus ging, sofort durch den Kopf. Mische dich bloß nicht in das Gespräch anderer Menschen ein, hatte sie doch eindringlich zu ihm gesagt. Ja, er hatte es ihr fest versprochen.

Trotzdem, Hans-Werner kämpfte schwer mit sich und war wirklich drauf und dran, dem jungen Mann, der vielleicht so 35 Jahre alt war, zuzurufen: „Bleiben sie doch locker, junger Mann". „Sie sollten wissen, dass man Probleme gar nicht sterilisieren kann, weder hoch noch runter".

Bestimmt eine liebevolle Mutter

Neulich ist Hans-Werner am Domshof in die Linie 4 nach Horn eingestiegen. Gern nimmt er dann, wenn er Straßenbahn fährt, einen Sitzplatz mit dem Rücken in Fahrtrichtung ein. In dieser Sitzposition kommt ihm nämlich die Fahrt wesentlich ruhiger vor und er kann dann so richtig abschalten. Sogleich begann er zu dösen und dachte an nichts Besonderes, als er plötzlich bemerkte dass direkt hinter ihm, also in seinem Rücken, der Stimme nach zu urteilen offensichtlich eine junge Frau mit ihrem kleinen Jungen zugestiegen ist. Sogleich hörte er sie mit ihrem Nachwuchs reden. Wie fürsorglich dachte Hans-Werner so für sich, das ist bestimmt eine liebevolle Mutter.

Sie sprach wirklich warmherzig: „So mein Kleiner, jetzt haben wir einen schönen Sitzplatz direkt am Fenster für dich. Nun kannst du gut hinausschauen und dir während der Fahrt alles in Ruhe betrachten".

Neugierig war Hans-Werner natürlich

schon, umdrehen mochte er sich allerdings nicht. Höre einfach nur der jungen Mutter zu, dachte er im Stillen.

Eingangs der Sögestraße, nach einer kleinen Pause, hörte er die Stimme sagen: „Schau mal, mein Süßer", es klang wirklich liebevoll, „das hier sind die Schweine mit ihrem Hirten, die stehen am Beginn der Sögestraße".

Und nur eine Kurve weiter erklärt sie erneut: „Und das sind die Wallanlagen mit der Windmühle, die kennst du ja auch, dort gehen wir doch immer zum Spazieren hin, wenn wir in der Stadt sind".

Kurz darauf folgte der Hinweis auf den Hauptbahnhof: „Guck mal das riesige alte Haus da, das ist der Bahnhof, von hier fahren wir doch immer zur Oma". „Den Bahnhof kennst du doch auch, mein Kleiner, oder"?

Wirklich eine schöne Idee von ihr, lobte Hans-Werner in Gedanken die junge Frau. So lernt Junior beim Straßenbahnfahren quasi nebenbei Bremen kennen. Wirklich, es gefällt mir sehr wenn junge Mütter sich so liebevoll um ihren Nachwuchs kümmern.

Inzwischen hat die Linie 4 Horn erreicht. „Und jetzt, mein Süßer, müssen wir aussteigen, wir sind an der Horner Kirche angekommen, aber die kennst du ja auch", hörte ich sie noch sagen. Dann hatte sie mit ihrem Jungen die Bahn verlassen, wie er vermutete.

Eigentlich möchte ich doch zu gern die liebevolle Mutter mit ihrem Jungen noch sehen, überlegte er. Ich werde mich einfach unauffällig so umdrehen, dass ich sie auf der Halteinsel noch sehen kann.

Der Schock traf ihn spontan und unheimlich hart. Einen kleinen Jungen neben seiner Mama sah er nämlich nicht. Er sah nur eine junge Frau die einen kleinen Hund, fest angepresst auf dem Arm trug. Sie hatte ihn, damit er sich wohl beim Aussteigen aus der Bahn nicht verletzt aus dem Waggon getragen. Und weil ihn das Laufen immer zu sehr anstrengt, trägt sie ihn wohl weiter.

Vieles hat die junge Frau nun ihrem Liebling gezeigt, die Schweine mit dem Hirten, auch die Windmühle in den Wallanlagen, nur wie man aus einer Straßenbahn aussteigt, das hat sie ihm offensichtlich nicht beigebracht.

Ich weiß gar nicht, ging Hans-Werner sogleich durch den Kopf, ob Hunde, auch wenn sie einen gültigen Fahrschein haben, einen Sitzplatz beanspruchen können.
Auch, wenn sie klein und süß sind.

Straßenbahnhaltestelle Horner Kirche

Hier war Goethe - nie

„Neulich waren meine liebe Frau und ich mal für ein paar Tage in Braunlage im Harz gewesen. Ohne bestimmte Absichten, einfach nur so", erzählt Herr Behrens seinen Freunden gutgelaunt am Stammtisch.

„Viel Großartiges haben wir dort allerdings nicht bemerkt, na ja, aber es war ja auch im Dezember und das Wetter war recht trist".

„Aber wisst ihr, etwas ist uns bei unseren Spaziergängen doch aufgefallen. Es war schon merkwürdig, wie oft wir auf den Namen Goethe gestoßen sind".

„Der Herr Goethe muss ja schon damals, als er so vor 230 Jahren durch den Harz reiste, überall bekannt gewesen sein".

„Obwohl ich glaube, dass er damals kein gutes Wetter gehabt hat". „Eigentlich bin ich mir sicher, dass es ganz schlecht gewesen sein muss".

„Wie kommst du denn da drauf", stellt einer aus der Männerrunde kopfschüttelnd fest.

„Na ja, bis auf seine Wanderschaft auf den Brocken hat er wohl nur in Kneipen gesessen und muss außerdem überall dort, wo er gerade war, rumerzählt haben, wer er denn sei".

"Deine seltsamen Gedanken musst du uns aber genauer darlegen, erklären "!

„Na ja, das kann ich leicht machen. Es ist nämlich so, wo man auch gerade im Ort ist, überall stößt man heute noch auf seinen Namen".

„Manchmal ist es ein Schild auf dem unauffällig steht: "Hier hat Goethe gewohnt. Oder ein paar Häuser weiter, im Bäckerladen um die Ecke, da bezeugt ein Hinweis im Geschäft, dass er hier auch Brötchen gekauft hat".

„Wo du auch gerade bist, immer läuft dir der Dichterfürst über den Weg".

„Selbst am Goetheweg, dem heutigen Wanderweg zum Brocken, gibt es am Ende einen Goethebahnhof. Dieser ist zwar als solcher kaum noch zu erkennen, weil dort keine Reisenden mehr ein- und aussteigen, aber seinen Namen trägt er natürlich weiter". „Ja, wisst ihr, sagt Herr Behrens zu seinen Freunden, in der Kneipe und beim

Bäcker, wenn es die Bäckerei wirklich schon so lange gibt, mag er ja gewesen sein, aber den heutigen Goethe-Weg ist er niemals gelaufen"."Denn als der Goethe die Wanderung zum Gipfel des Brocken am 10.

Dezember 1777, in Begleitung des Försters Degen, von Torfhaus aus unternahm, bei der er sich überhaupt nichts gedacht hatte, gab es noch keinen befestigten Weg. Die beiden liefen nämlich mitten durch den Wald und mussten sich dabei durch unwegsames Gelände quälen. Der genaue Aufstiegsweg ist deshalb überhaupt nicht überliefert".

„Und wenn man heute auf diesem neu ausgebauten Goethe-Weg entlang der Brockenbahn dem Brocken zustrebt, durchquert man auch ein Moor, und, wen wundert es, wie es genannt wird, natürlich Goethemoor. Und am Gipfel, im Brockenhotel „Brockenherberge", gibt es, wen wundert es, auch einen Goethesaal.

„Natürlich, und das ist ja auch verständlich, wird die damalige Anwesenheit Goethes und sein Name heute ganz besonders gern zur Werbung benutzt. So hat die Stadttouristik deshalb schnell einen Goethe-Weg geschaffen".

„Als sensationell und wirklich überraschend habe ich aber ein kleines weißes emailliertes Schild an der Hauswand des Braunlager Skimuseums empfunden".

„Ihr werdet staunen, sagt Herr Behrens zu seinen Freunden, was glaubt ihr was da drauf stand, da stand nämlich geschrieben: „Hier war Goethe nie".

Vielleicht eine Zipfelmütze

„Du hast ja schon wieder diese schidderige Mütze auf".

„So mag ich mit dir hier auf Föhr, wirklich nicht mehr vor die Tür gehen, das ist mir richtig peinlich". „Was sollen denn die anderen Urlaubsgäste von uns denken".

Die Kritik trifft den Gatten unvermittelt und mit voller Wucht.

„Wirklich, du benötigst dringend eine neue Kopfbedeckung".

„Und außerdem denke doch auch einmal daran, dass es jetzt zur Herbstzeit besonders wichtig ist, einen warmen Kopf zu haben, weil es doch hier auf der Insel immer so windig ist". „Wie schnell kann man sich durch eine gemeine Unterkühlung eine schlimme Erkältung einhandeln".

Ganz besonders fürsorglich klang in diesem Moment die Stimme von Frau Behrens, als sie zu ihrem Mann sprach.

Und aus diesem Grund und ohne Widerspruch, der sowieso zwecklos gewesen wäre, ist Herr Behrens also mit seiner lieben Frau in Wyk zum Sandwall gegangen.

„Dort gibt es mehrere Mützengeschäfte und die Auswahl ist riesengroß", sagte sie zuversichtlich und sehr überzeugend noch vor der Haustür, zu ihm.

Normalerweise wehrt sich Herr Behrens vehement gegen solche Unternehmungen, aber diesmal, er wusste, ein Protest ist zwecklos und hätte sowieso keinen Erfolg.

Der Fachverkäufer in dem kleinen Laden bemühte sich wirklich, er lief pausenlos hinter seinem Tresen hin und her und kramte „zig" verschiedene Mützenmodelle in unterschiedlichen Farbtönungen aus den Regalen.

Seinem Schicksal total ergeben, innerlich aber schwer blockiert, still und lustlos, stand nun Herr Behrens, vor dem großen Spiegel. Um jeglichen Ärger mit seiner Frau zu vermeiden, probierte er artig sämtliche Mützenmodelle, von der Schläger- bis hin zur Baskenmütze,

Wortlos und manchmal leicht den Kopf schüttelnd, betrachtete der leidende Mann

das, was er im Spiegel sah. Er drehte sich

langsam im Kreis, besah sich von allen Seiten, von links und rechts, aber, er konnte sich nicht entscheiden. Eigentlich gefiel ihm keine Mütze.

Frau Behrens indes lief unruhig hin und her, umkreiste ihren Mann, trat heran, zupfte an der Kopfbedeckung, rückte sie zurecht. Und zwischendurch mischte sie auch hilfreich bei der Modellsuche mit.

Unentschlossen, mit kraftlos hängenden Schultern und eingefrorenen Gesichtszügen stand Herr Behrens wie ein Häufchen Elend mitten im Verkaufsraum. Er war wirklich mit den Nerven am Ende.

Nur dem Mützenfachverkäufer merkte man keinen Stress an. Durch jahrelange erworbene Routine, besonders mit Feriengästen, war er dieser Situation total gewachsen und so überraschte er plötzlich mit einer außergewöhnlichen, alternativen Idee. Ganz ruhig stand er vor Frau Behrens und unterbreitet ihr wortgewand einen genialen Vorschlag.

„Was halten sie denn von einer Zipfelmütze aus echter Schafwolle von hiesigen Schafen, die ist schön warm und sieht doch auch schick aus"?

Beide Hände in die Hüften gestemmt stand Frau Behrens kerzengerade, schlagartig still. Sie kämpfte offensichtlich schwer mit sich, um dann mit voller Entrüstung zu protestieren:

"Nein, so etwas doch nicht, wir brauchen keine Zipfelmütze, wir wollen doch etwas für den Kopf kaufen"!

Nur Wenige haben überlebt

So etwas hatte sie noch nie gesehen. „Schau mal Opa, Pinguine, die sehen aber lustig aus", sagt die kleine Enkelin ihrem Großvater zugewandt in einem Park einer norddeutschen Großstadt, und zeigt mit ausgestrecktem Finger auf die Personen in ihren langen, dunklen Gewändern und auch weißen Kopfbedeckungen, direkt vor ihnen".

„Das sind aber keine Pinguine, erklärt der Großvater, das sind doch Nonnen".

„Nonnen, was sind denn Nonnen, Opa"?

„Also, das ist so. Nonnen sind Frauen, die ganz ohne Männer in einem riesigen Haus leben, und das nennt man Kloster".

Diese Frauen bekommen dort kostenlos Kleidung, und auch ihre Verpflegung und Unterkunft ist frei. Und damit es am Tage nicht so langweilig für sie ist, können sie ein wenig arbeiten, meistens im Klostergarten.

Die Nonnen leben dort zusammen ohne wirtschaftliche Probleme und brauchen sich um nichts zu kümmern.

Allerdings müssen sie mehrmals am Tag beten. Dann knien sie sich hin und reden mit einem Mann, der aber gar nicht da ist, und den es auch gar nicht mehr gibt, aber den sie trotzdem total verehren.

Sie verdrehen und schließen dabei die Augen, und mit verklärtem Gesicht himmeln sie ihn regelrecht an. Sie lieben ihn offensichtlich hingebungsvoll.

"Und weißt du, erklärt ihr Opa weiter, denn er ist jetzt so richtig in Fahrt.

„Früher, aber das ist schon ganz lange her, ich glaube das war wohl so im Mittelalter, da gab es noch ganz viele Nonnen, aber nur wenige haben bis heute überlebt."

Vegan oder das Schreien der Schafe

„Weißt du, sagt ganz unvermittelt Herr Behrens zu seiner lieben Frau, ich bin so froh, dass unsere Vorfahren, damals vor langer, langer Zeit, keine Veganer waren".

„Wie kommst du denn plötzlich da drauf", verständnislos schaut sie ihren Mann an.

„Also, für mich steht fest, seine Stimme klang ruhig und sehr überzeugend, sie können keine Veganer gewesen sein".

„Deine Überlegungen irritieren mich, ich kann sie überhaupt nicht nachvollziehen", Frau Behrens ist sichtlich überfordert.

„Stell dir das doch bitte einmal vor", gedankenvoll wirkt das Gesicht von Herrn Behrens. „Wenn unsere Vorfahren vegan gelebt hätten, stünden wir dann beide hier zusammen"? „Nein, sage ich dir, es gäbe uns überhaupt nicht, weil der Homo sapiens nämlich längst ausgestorben wäre". „Unsere Vorfahren hätten doch damals alle, schon nach ganz kurzer Zeit, den Hungertod erlitten. „Oder fährt Herr Behrens fort, sie wären erfroren, bevor sie Eltern werden konnten". „Sie waren doch gezwungen andere Lebewesen zu jagen und zu töten, um nicht zu verhungern und auch um sich aus den Fellen der Tiere Kleidung zu fertigen. Sie hatten doch, zu unserem Glück, gar keine andere Wahl". „Nur so konnten sie doch den Winter überstehen". „Denn von der kurzen Zeit der Beerenreife im Herbst und den Pilzen konnten sie wirklich nicht überleben".

„Oder, Herr Behrens war jetzt so richtig in Form, stell dir mal den Steinzeitmenschen „Ötzi" vor, als er vor 5300 Jahren über die Alpen marschierte". Wenn der Veganer gewesen wäre, hätte man ihn 1991

nicht auf dem Gletscher am Hauslabjoch auf 3200m gefunden. Er ist doch nur dank seiner Hirschlederkleidung und seiner Lederschuhe nicht auf dem verschneiten Weg in den Ötztaler Alpen unterwegs erfroren. Geholfen hat ihm seine Kleidung allerdings auch nichts, denn seine Mörder verfolgten ihn gnadenlos, auch sie waren mit Fellkleidung warm angezogen.

„Vielleicht nehmen die ethischen Veganer heutiger Zeit ihre Motivation und Überzeugung aus einem gewissen Herdentrieb. Man kann ja vegan leben, wenn man mag, nur muss man dann bei jeder Gelegenheit, die sich bietet, erklären, dass man Veganer sei, und dass man bei seiner Ernährung und auch bei der Bekleidung darauf achte, dass diese frei von Tierprodukten sind". „Aber sagt Herr Behrens zu seiner Frau, vielleicht wollen sie sich nur wichtig tun".

„Oder hast du eine andere, passende Antwort", fragt er kopfschüttelnd seine liebe Frau.

Die Veganer lehnen ja auch konsequent Leder und Schafwolle ab, weil, so sagen sie, dass das Scheren für die Schafe äußerst schmerzhaft sei und dass die Tiere dabei fürchterlich schreien würden. Das Scheren sei eine Schande und als Tierquälerei abzulehnen, sagen sie.

„Und weißt du, sagt Herr Behrens leise zu seiner Frau, mir läuft es tatsächlich auch immer kalt den Rücken herunter, wenn ich einmal an einem Friseurgeschäft vorbei gehe und die Schreie von Menschen beim Haareschneiden höre. Dann bin ich jedes Mal froh, dass ich eine Glatze habe".

Fraktion

Dass es über Nacht schon Bodenfrost gegeben hatte, damals Anfang Dezember, konnte Herr Behrens aber wirklich nicht wissen. Es war für ihn überhaupt nicht zu erkennen.

Eigentlich noch ganz in Gedanken war er bei Sonnenaufgang ahnungslos vor die Tür getreten. Dieses Ritual gehörte nämlich schon seit Jahren zu seinen täglichen Aktivitäten. Er genoss es einfach morgens kurz an die frische Luft zu gehen, durchzuatmen, und in die, wenn das Wetter passte, gerade aufgehende Sonne zu schauen.

Er hatte die Haustürklinke noch in der linken Hand, da war es schon passiert. Blitzartig, ohne Vorwarnung war er auf den mit feinem, unsichtbaren Eis überzogenen Klinkersteinen ausgerutscht und hintenüber, der Länge nach auf den Rücken gestürzt. Und das kurz vor Weihnachten, schrecklich dieser Unfall,

Hochgeschreckt durch ein fürchterlich

lautes, schmerzerfülltes Geschrei, das sie während der Zubereitung des Frühstücks in der Küche hörte, ist Frau Behrens natürlich, sofort zur Haustür gerannt. Und dort sah sie ihn, ihren Mann. Auf dem Rücken lag er, bewegungslos. Offensichtlich litt er unter Atemnot, denn er konnte kaum noch sprechen. Nur stoßweise quollen seine klagenden Worte hervor. Schwer geschockt von diesem Anblick stand Frau Behrens starr in der Haustür, stocksteif, bewegungslos. Das pausenlose, inzwischen aber leiser gewordene Klagen und Jammern ihres Mannes, der wegen seiner großen Schmerzen offensichtlich tüchtig leiden musste, verwirrte sie total. Sie wusste vor lauter Aufregung überhaupt nicht, wie sie sich jetzt verhalten sollte. Sie war total überfordert.

Einige Wochen später, während der Weihnachtsfeier des Seniorenkreises im Dorfgemeinschaftshaus, musste sie natürlich ausführlich über diesen Unfall berichten.
„Ihr könnt euch bestimmt vorstellen, dass ich vor lauter Panik laut um Hilfe ge-

rufen habe".

„Anfangs hat es aber niemand gehört". „Ich war schon total verzweifelt, als mein Geschreie zum Glück doch noch Erfolg hatte".

„Heinz, ihr wisst schon, der Sohn unseres Nachbarn, hatte meine Hilferufe gehört und kam sofort wie wild angerannt". „Beinahe wäre er auch noch auf dem glatten Boden ausgerutscht und gestürzt, wenn ich ihn nicht rechtzeitig gewarnt hätte".

„Hilfsbereit fuhr er uns, absolut vorsichtig, mit seinem Auto sofort zum städtischen Krankenhaus und lies uns auf dem großen Parkplatz, direkt vor dem imposanten Gebäude, aussteigen", erzählt Frau Behrens leise den gespannt zuhörenden Senioren.

„Ja und fragte einer aus der Runde, wie ging es weiter"?

„Also, wir standen erstmal ganz still da, ganz allein auf dem riesigen Gelände und wussten überhaupt nicht, welchen Weg wir zur Ambulanz nehmen sollten".

„Es war doch alles so fremd für uns, wir kannten uns hier überhaupt nicht aus".

„Wir waren ja schon eine Ewigkeit nicht mehr in der Stadt gewesen und erst recht nicht in einem Hospital".

„Ihr könnt euch bestimmt vorstellen wie unsicher und hilflos wir uns fühlten".

Ganz still saßen die Senioren, knisternde Spannung herrschte im Raum.

„Ja, und wie ging es dann weiter"?

„Wir drehten uns mehrmals langsam im Kreis, schauten verzweifelt nach allen Seiten und suchten nach helfenden Menschen. Doch der Parkplatz war wie leergefegt".

„Wirklich, wie schrecklich, was sollten wir nur machen. Wir wussten keinen Rat. Schließlich liefen wir einfach los. Aber in unserer Aufregung bemerkten wir gar nicht, dass es wohl der falsche Weg war. Denn den großen, gläsernen Haupteingang, mit der riesigen Schwingtür, eigentlich nur in gerader Richtung vor uns, hatten wir überhaupt nicht gesehen", erzählt Frau Behrens weiter.

„Glaubt mir, es war richtig unheimlich. Ohne Unterbrechung stöhnte mein Mann. Und mit schmerzverzerrtem Gesicht, schleppte er sich schwer auf mich gestützt, die asphaltierte, steile Auffahrtsrampe, die eigentlich, wie wir erst später erfuhren, nur für Rettungs- und Notarztwagen vorgesehen ist, hinauf. Wir quälten uns beide und waren eigentlich ohne Hoffnung als uns überraschend doch Hilfe entgegen kam.

„Just in diesem Moment hatten wohl die beiden Besatzungen eines Notarzt- und Rettungswagen ihren Einsatz beendet und wollten sich gerade in der großen Halle vor der Ambulanz, in ihren Fahrzeugen über Funk bei ihrer Einsatzleitstelle einsatzbereit melden, als sie, offensichtlich durch das laute Gestöhne meines Mannes, auf uns aufmerksam wurden, und uns auf der Auffahrtsrampe erblickten. Wirklich, mein Mann war ein Bild des Jammers, er tat mir richtig leid".

„Natürlich kamen die beiden Sanitäter und der junge Notarzt uns beiden Verirrten sofort helfend entgegen. Freundlich sprach der der Mediziner meinen schwer leidenden Mann an und fragte mit beruhigenden Worten, was denn passiert sei".

„Eigentlich weiß ich gar nicht, wie es

gekommen ist", Herr Doktor, versuchte mein Mann zu erklären.

„Ich habe diese dünne Eisschicht vor meinem Haus überhaupt nicht bemerkt".

„Rücklinks, blitzartig schnell, bin ich zu Boden gestürzt". „Und, ich spürte es sofort, da ist etwas ganz Schlimmes passiert, da ist etwas kaputt gegangen. Die Schmerzen im rechten Oberarm und in der Schulter sind nämlich unerträglich, sie rauben mir beinahe den Verstand. Und inzwischen kann ich den Arm überhaupt nicht mehr bewegen".

„Ich mache mir große Sorgen, Herr Doktor, seufzte schließlich mein Mann total verzweifelt, und erklärte, das wird doch wohl keine Fraktion sein".

100 Schlösser

Wir werden dort im Münsterland an 100 Schlössern vorbei kommen hatte unser Reiseführer Peter, schon auf dem Bahnsteig 7 des Hauptbahnhof Bremen, angekündigt. Die 100 Schlösser Route im Münsterland sei nämlich die Königin unter den deutschen Radrouten, erzählte er später im IC auf der Fahrt nach Münster, sehr überzeugend und glaubhaft.

Natürlich sind die Touren so geplant, dass wir nicht nur pausenlos auf dem Rad sitzen müssen, nein es wird genügend Zeit bleiben, um in Ruhe die 100 Schlösser zu besichtigen, versprach Peter der radelnden Herrengruppe.

Und, sagte er ein wenig schmunzelnd, ein bisschen Kultur tut doch auch gut und lockert den Tag auf. Begeisterung löste dieser Vorschlag bei der Truppe allerdings nicht aus. Nur Hans-Werner fand diese Idee total gut.

Herrlich und vielseitig präsentiert sich indes die Landschaft rund um Haltern am See. Schlösser allerdings stellte Hans-Werner für sich fest, habe er auf der langen, bisher vier Tage dauernden Fahrt aber überhaupt noch nicht gesehen. Immer öfter allerdings, je länger er radelte und darüber nachdachte, zweifelte er an Peters Versprechen. Er konnte sich auch überhaupt nicht vorstellen, dass bei den Tagesetappen von meistens rund 60 km noch Zeit für Besichtigungen eines oder mehrerer Schlösser bleiben sollte.

Heute, an diesem letzten Tag der Tour meldete er deshalb bei Peter seinen Zweifel an. Doch doch, beruhigte dieser, du wirst es schon sehen.

Es war inzwischen schon später Nachmittag geworden, als plötzlich ein großes, altes Gebäude mitten in einem See vor ihnen auftauchte. Es sei die Burg Hülshoff und eine Wasserburg, so jedenfalls stand es auf der Hinweistafel direkt gegen über am Ufer und sie wurde im elften Jahrhundert erbaut. Die Burg war, so stand es weiter geschrieben, von 1417 bis 2012 Stammsitz der Freiherren Droste zu Hülshoff und es ist das Geburtshaus der Dichterin Annette von Droste-Hülshoff.

Hans-Werner freute sich wirklich schon auf die Schlossbesichtigung. Zu erreichen war das alte imposante Gebäude, nur über eine kleine steinerne Brücke, die mit ihren beidseitigen eisernen Gittern wirklich romantisch aussah.

Peter gab hier das Stoppzeichen. „So wir sind angekommen, nun könnt ihr mit der Besichtigung beginnen".

Schmunzelnd stand er vor den ungläubig schauenden Männern und zeigte mit ausgestrecktem Arm auf die Brücke. Fassungslos schauten diese auf das, was sie vor sich sahen. Sie sahen auf die wohl 100 Schlösser am eisernen Brückengitter die offensichtlich von verliebten Paaren dort einst befestigten wurden.

Großartige Leistungen

„Ich kann mich noch gut an meine Kindheit erinnern, und daran, dass ich von Königen, Kriegsherren und Entdeckern oder anderen berühmten Personen geschwärmt habe". „Ich empfand das ganz besonders aufregend und bestaunte ihre großartig vollbrachten Leistungen".

„Heute hat sich meine Meinung allerdings grundlegend geändert. Ich sehe das durchaus aus anderer kritischerer Sicht".

„Damit du mich aber richtig verstehst, erklärt Herr Behrens seiner Frau, natürlich erkenne ich große Leistungen auch heute noch an, und ich bewundere sie durchaus, allerdings nur, wenn diese ganz persönlich vollbracht wurden".

„Geht dir das eigentlich auch so"?

„Nein, sagt Frau Behrens, diese Menschen interessieren mich nicht, ich mag sie eigentlich nicht, weil, ich bin ihnen gegenüber immer misstrauisch".

„Vielleicht hast du ja recht", antwortet Herr Behrens, seiner Frau durchaus zustimmend.

„Aber vielleicht kannst du mir erklären, sagt Herr Behrens weiter, wie es kommt dass manchen Menschen Leistungen zugeschustert werden, obwohl sie diese gar nicht allein vollbracht haben können".

„Kannst du dir denn zum Beispiel vorstellen, dass Friedrich der Große, und so steht es ja überall geschrieben, nur 6 Monate nach seiner Thronbesteigung, durch seinen Blitzkrieg 1740, Schlesien von den Österreichern erobert hat. Meinst du denn, dass er die Österreicher allein besiegt hat", fragt Herr Behrens seine Frau, oder denkst du nicht auch, dass es sicherlich seine preußischen Soldaten waren"?

„Und was ist eigentlich mit den Soldaten, die durch diese großartige Eroberung ihr Leben verloren haben"? „Werden die auch lobend und ihre weinenden Witwen erwähnt"?

„Oder nimm mal Columbus". „Kannst du dir vorstellen, dass der ganz allein übers Meer gesegelt ist, um Amerika zu entdecken"?

„Eigentlich hat er sich doch damals nur verfahren. Er suchte doch einen kürzeren Seeweg nach Indien". „Er wusste doch gar nicht, wohin er segelte".

„Plötzlich stand er mit seinen drei Schiffen und der gesamten Mannschaft, die ihm ja diese Überfahrt überhaupt erst ermöglicht hat, vor einem ihm unbekannten Land, in Mittelamerika nämlich".

„Ja siehst du, und was wird erzählt und steht überall geschrieben, natürlich nur der Columbus hat Amerika entdeckt, er ganz allein". „Du weißt doch sicherlich, dass schon rund 500 Jahre vor Columbus die Wikinger oder andere Isländer dort waren".

„Und was werden nur die ägyptischen Könige, die Pharaonen, wie Ramses zum Beispiel, gerühmt. Sie hätten die Pyramiden gebaut,". „Glaubst du denn das"? „Kannst du dir vorstellen, dass so ein König die unendlich vielen, tonnenschweren Felsbrocken allein und ganz persönlich herbeigeschleppt und aufgestapelt hat?"

„Und erst neulich habe ich mich wieder über unsere Tageszeitung geärgert".

„Du weißt doch sicherlich, dass der Fußballlehrer Thomas Schaaf nun die Mannschaft der Eintracht in Frankfurt trainiert". Dagegen ist ja im Allgemeinen nichts zu sagen.

Aber, und das hat mir wieder einmal das Frühstück versaut, ist, dass am Montagmorgen riesengroß, und auch noch mit Foto, in der Tagespresse geschrieben stand: „Schaaf gewinnt gegen Werder"!

„Hast du denn am Fernseher, in den Eineinhalb Stunden des Fußballspiels, den Herrn Schaaf ein einziges Mal auf dem grünen Rasen laufen sehen"? „Ich kann mich gut erinnern, dass er die ganze Zeit ruhig am Spielfeldrand gestanden hat, ohne sich zu bewegen".

„Wie er wohl dabei den Sieg errungen hat".

Notorische Nörgler

Aus dem Malheur des letzten Jahres hatten die Organisatoren gelernt.
So ein gewaltiger Ärger, der die Männertruppe fast entzweit hätte, durfte sich unter keinen Umständen wiederholen. Ja, das hatten sie sich fest vorgenommen. Die notorischen Nörgler sollten diesmal zufrieden sein und keinen Anlass zur Kritik bekommen.

Anfang Dezember des letzten Jahres, als es zu dem großen Krach kam, hatten es die Organisatoren ja nur gut gemeint, als sie veranlasst hatten, dass die Gesamtzeche des Abends durch die Anzahl der Teilnehmer geteilt wurde. Sie wollten eigentlich nur Zeit einsparen und auch der Gastronom sollte es einfacher haben. Doch diese Idee kam bei den Nörglern nicht gut an und führte zu dieser schweren Verärgerung.
Die Vieltrinker kommen dabei zu gut weg, klagten sie. Und wir, die Genügsamen, die sich mit Wasser und einem Schlückchen

Wein begnügen, müssen tief in die Tasche greifen und für das bezahlen was wir gar nicht verzehrt haben. Es eskalierte damals regelrecht.

Die Organisatoren beschlossen deshalb für dieses Jahr schon frühzeitig eine Änderung und kündigten diese auch rechtzeitig an. Jeder sollte nur das bezahlen, was er auch verzehrt hat. Es sollte keinen Grund zur Beschwerde geben. Die Servicekräfte werden heute jedes verzehrte Getränk auf einem Bierseidel speziell anstreichen. Prima, das kam bei bestimmten Herren gut an. Wie schön, dass diese Maßnahme nun Ruhe bringt, die Organisatoren waren zufrieden.

Ja, die Stimmung war diesmal wirklich prächtig, offensichtlich gab es nichts zu nörgeln.

Eigentlich ist diese Feier seit 40 Jahren als Einstieg in die Grünkohlsaison gedacht. Grünkohl satt und als Dessert natürlich einen Bommerlunder.

Heute jedoch hatten die Organisatoren

einen ganz besonderen Einfall. Wirklich die totale Überraschung. Sie hatten nämlich das Menü heimlich überraschend geändert.

Vorweg gab es heute eine Hochzeitssuppe. Und als Hauptgang klassische geschmorte Gänsekeule, Apfelrotkohl und Kartoffelklöße. Die Sensation aber war der Nachtisch. Serviert wurde eine Rotwein-Gewürzbirne mit Vanilleeis.

Als schließlich das süße, für die meisten Unbekannte zum Abschluss auf dem Tisch stand, war es dann doch wieder soweit. Prompt meldeten sich die Nörgler doch wieder. Vielleicht war ihr Wahrnehmungsvermögen schon getrübt, oder es war einfach Unwissenheit.

Denn offensichtlich geschockt von dem roten Anblick direkt vor ihnen, reagierten sie prompt: "Eis und Rote Bete zum Nachtisch - was soll das denn"!

Um blau zu werden

Neulich, bei Wöltjes in Oberende.

Vor einer Dreiviertelstunde hatte sie in der Plantage mit dem Pflücken begonnen. Natürlich zwischendurch heimlich auch ein paar der blauen Beeren genascht, macht doch jeder, das ist hier nämlich durchaus üblich. Ängstliche Sorgen dabei erwischt zu werden braucht man sich nicht zu machen, denn blaue Spuren hinterlassen die Beeren nicht.

Schließlich steht sie nach gut einer Stunde mit ihrem randvoll mit Heidelbeeren gefüllten 5 Liter Eimer an der Waage. Else Wöltje lächelt freundlich hinter ihrem Tresen, und vergleicht das Leergewicht des Eimers mit dem gefüllten auf der Waage.

Was glauben sie, Frau Wöltje, wollte die schon in die Jahre gekommene Kundin nun kurz vor ihrem Weggehen wissen, wie lange kann man noch zum Pflücken kommen?

„Eigentlich ist so ab Mitte August die Erntezeit zu Ende, antwortet die Fachfrau für Heidelbeeren freundlich, aber vielleicht klappt es in diesem Jahr noch eine Woche länger, allerdings nur, wenn wir noch viele Sonnentage bekommen".

Schuld daran, dass nur noch wenige reife, blaue Beeren an den Sträuchern sind, ist das schlechte Wetter, dadurch ist die Saison in diesem Jahr so kurz. Wir hatten in diesem Jahr viel zu wenig Sonne, deshalb werden die Beeren nicht mehr blau, erklärt sie. Wir machen uns in diesem Jahr deshalb durchaus große wirtschaftliche Sorgen.

Wissen sie, um blau zu werden benötigen die Beeren nämlich ganz viel Sonne, erzählt sie weiter.

Sehen sie Frau Wöltje. So hat jeder seine besonderen Sorgen.

Sie machen sich Sorgen, dass die Beeren bei zu wenig Sonne nicht blau werden.
Und ich habe es zu Hause mit meinem Mann auch nicht leicht und mache mir manchmal durchaus auch Sorgen.

Wissen sie Frau Wöltje, mein Mann benötigt nämlich die Sonne überhaupt nicht, der wird auch im Dunkeln blau.

Der Kater Gismo

Obwohl man ihn eigentlich nur bei bestimmten Situationen zu Gesicht bekommt, ist sein Bekanntheitsgrad in der kleinen Siedlung trotzdem riesengroß. Man muss nämlich wissen, dass es sich bei dem rötlich gemusterten, strubbeligen Katzentier um eine große Persönlichkeit handelt.

Manchmal aber überrascht er. Unbemerkt und total geräuschlos schleicht der Kater dann auf seinen samtigen Pfoten heran und mischt sich unter die zufällig anwesenden Menschen. Erst, wenn er sich an den Beinen einer ihm offensichtlich angenehmen Person reibt, wird er bemerkt. Leise schnurrend, dann aber immer aufdringlicher werdend, verlangt er so unmissverständlich nach Streicheleinheiten.

Menschen ziehen ihn nämlich magisch an, und deshalb benötigt er auch täglich ihre Nähe. Gismo ist ganz besonders liebesbedürftig.

Eigensinnig und bestimmend wie Katzen halt so sind muss er jedoch immer die Hauptperson sein. Er besteht konsequent auf seiner Machtposition. Schnell ist er ansonsten schwer beleidigt.

Britta, die Hausherrin, musste auch erst lernen mit ihm umzugehen, aber kennt natürlich inzwischen seinen sensiblen, total egoistischen Charakter, den sie oft schon hat ertragen müssen. Täglich bemüht sie sich deshalb, so bald der Kater in ihrer Nähe ist, ihn bei Laune zu halten. Leise und freundlich redet sie immer mit ihm, oder streichelt im Vorbeigehen jedes Mal über sein strubbeliges Fell. Nur so ist es möglich ein wenig Ruhe vor dem Tier zu haben, findet sie. Sie weiß, dass das wichtig ist, ansonsten mault der Kater, und das oft für viele Stunden.

Es passt ihm grundsätzlich auch nicht, dass Britta morgens während des Frühstücks die Tageszeitung liest. Dann springt er mitten auf den Tisch und setzt sich einfach, lautlos protestierend auf die gedruckten Neuigkeiten. Auch die konzentrierte Arbeit der Hausherrin am PC passt ihm nicht. Dann fühlt sich das Katzentier missachtet, einsam und ver-

lassen.

Aber, Gismo ist auch in diesem Fall äußerst pfiffig. Still wartet er auf den Moment, an dem sein ungeliebter Konkurrent, der PC, unbewacht ist. Dann hüpft er mit seiner angeborenen Geschmeidigkeit auf den PC-Tisch und setzt sich, stolz nach allen Seiten schauend, stur und unverrückbar auf die Tastatur.

Männern passiert das nicht

„Gestern war wieder so ein ärgerlicher Tag", sagt Herr Behrens zu seiner lieben Frau. „Du weißt ja, ich war schon früh morgens mit dem Rad am Deich zur Boldixumer Vogelkoje unterwegs.

Ich fuhr also, ohne an etwas Bestimmtes zu denken, ganz gemütlich dahin und freute mich über die erwachende Natur. Und ganz besonders angenehm empfand ich das Geschrei der Möwen und Austernfischern".

Urplötzlich jedoch änderte sich das, mit der Ruhe war es leider vorbei. Schuld daran war ein penetrantes Klappergeräusch direkt hinter mir. Es verfolgte mich regelrecht. Dieses nervtötende, gleichmäßige Klappergeräusch brachte mich wirklich fast zur Weißglut. Ganz langsam stieg unheimlicher Ärger in mir auf.

„Aber du kannst mir glauben, dass ich mir bei meiner Abfahrt ganz fest vorgenommen hatte nur auf das Positive zu achten. Ich wollte wirklich versuchen unangenehme Dinge zu übersehen und zu überhören", erklärt Herr Behrens seiner lieben Frau weiter. „Aber es gelang mir nicht, denn ein pausenloses Klappern hinter mir nervte mich fürchterlich. Schon wieder so ein dickfälliger Radfahrer mit seinem klappernden Vehikel", ging mir natürlich sofort durch den Kopf.

„Es kann sich eigentlich nur um eine Frau handeln, die mit ihrem Rad unterwegs ist. Frauen hören solche Geräusche nämlich nicht, da war ich mir ganz sicher, jedenfalls nahm ich es an. Männern sind da ganz anders. Sie suchen sofort nach der Ursache des Schadens und beseitigen ihn sofort.

Einfach nur weiter fahren bei dem Lärm, ohne sich um den Schaden zu kümmern, unvorstellbar. Das geht doch gar nicht".

„Aber vielleicht ist die Person auch schwerhörig, grübelte ich schließlich, und sie bemerkt dadurch die pausenlosen Geräusche nicht.

„Nach einer gefühlten halben Stunde konnte ich aber nicht mehr. „Ich platze inzwischen beinahe. Mit solch einem Rad zu fahren müsste verboten sein, schimpfte ich leise vor mich hin. Besonders hier auf dem Deich, eine unverschämte Ruhestörung".

„Du kannst dir vorstellen, dass ich schon die ganze Zeit überlegte, was zu machen ist. Sollst du dich umdrehen und der unbekannten Person lautstark die Meinung sagen, oder vielleicht sollte ich ihr nur zurufen, dass ich dieses nervige Geräusch bald nicht mehr hören könne. Und dass ich es überhaupt nicht verstünde, wie man nur mit so einer Klapperkiste unterwegs sein kann".

„Es macht mich sowieso immer unheimlich nervös, wenn jemand mit seinem Fahrrad stundenlang ganz dicht hinter mir herfährt, ohne zu überholen. Und ganz schlimm und nervig empfinde ich es, wenn sein Rad dann auch noch pausenlos klappert, wie dieses. Warum kümmert sich die Person nicht darum und stellt das nervige Geräusch ab, denke ich dann immer", sagt Herr Behrens zu seiner lieben Frau.

„Doch ich hoffte natürlich, dass die Frau hinter mir, es kann, sich wirklich nur um eine Frau handeln, mich bald überholen würde, dann wäre das Problem gelöst. Aber sie tat es nicht. Permanent fuhr sie immer direkt hinter mir her".

„Schließlich konnte ich nicht mehr. Ich hielt also an, und stieg vom Rad, drehte mich um und wollte die Person sofort zur Rede stellen", sagt Herr Behrens nun zu seiner lieben Frau.

„Ja, und was passierte dann", fragt sie ihren lieben Mann und sah in sein skeptisches, verunsichertes Gesicht.

„Stell dir das mal vor. Das war wirklich seltsam. Kaum stand ich nämlich trat eine totale Stille ein. Nichts war mehr zu hören. Das Klappergeräusch war einfach weg. Ich war total irritiert, und stell dir das mal vor, hinter mir stand niemand".

„Ja aber, wo kam denn nun das

Geräusch her"? fragt etwas spitzbübisch Frau Behrens.

„Mein eigenes Rücklicht war es, welches wie auf Halbmast auf dem Schutzblech hing und dadurch regelmäßig das nervige Klappergeräusch produzierte", erklärte Herr Behrens fachmännisch seiner Frau. „Du kannst dir doch sicherlich vorstellen, das ich als technisch gewiefter Mann, die Ursache sofort erkannt und beseitigt habe".

„Aber, hast du nicht gerade erzählt, sagt Frau Behrens, Männern passiert das eigentlich nicht".

Fenster in der Deutschstunde

Gleich morgens, zur ersten Stunde, begrüßt der Lehrer Heinemann die Schüler der Grundschulklasse mit den Worten: „Heute stehen Hauptwörter auf dem Stundenplan. Ihr werdet lernen, dass Hauptwörter immer groß geschrieben werden und auch wie man sie erkennen kann".
„Dafür merken wir uns die einfache Regel. Alles, was man sehen und anfassen kann, sind Hauptwörter. Als Beispiel nehmen wir einfach mal das Wort Fenster.
Wenn ihr euch mal umschaut, werdet ihr viele verschiedene Fenster erkennen. So gibt es Dach-, Keller- und Wohnzimmerfenster oder auch Küchenfenster. Bei den meisten kann man durch die klare Verglasung, allerdings nur, wenn sie geputzt ist, immer hindurchsehen. Nur durch die bunten nicht, und das sind dann Kirchenfenster.

„Also Nils, du kannst doch bestimmt die Fenster hier im Klassenzimmer sehen und auch anfassen, spricht er den Schüler in der ersten Reihe an, und was hast du heute neu gelernt, Fenster ist ein Hauptwort".

Ganz still hat Nils zugehört und sich dabei schwere Gedanken gemacht. Dann war er so weit. Aufgeregt meldet er sich, möchte jetzt unbedingt zu Wort kommen.

„Sind eigentlich Zeitfenster auch Hauptwörter"? Herr Heinemann.

„Mein Papa sagte mir nämlich neulich, dass diese Zeitfenster auch groß geschrieben werden. Aber das verstehe ich nicht, man kann sie doch gar nicht sehen und auch nicht anfassen. Aber, sagt mein Papa, es gibt halt jetzt neue Fenster. Überall, wo man auch hinhört, plötzlich tauchen die neuen Fensternamen auf".

„Und letzte Woche, Herr Heinemann, Nils wird immer aufgeregter, hörte ich im Radio den Moderater sagen: Für die Sonnenfinsternis morgen gibt es ein Sehfenster in der Zeit von 09.00 bis 12.00 Uhr. Also auch für die Sonne, wenn sie verdunkelt ist, gibt es also Fenster".

„Und mein Papa erzählte mir auch, dass es bei den Profifußballern auch ein Fenster

gibt. Und das öffnet und schließt sich sogar. Denn zu gegebener Zeit öffnet sich nämlich das Transferfenster, um dann, nach einer gewissen Zeit wieder geschlossen zu werden", hat er mir erzählt.
Die Manager und Verantwortlichen eines Fußballvereines, erzählte er mir weiter, reden doch immer sie müssten jetzt aber schnell handeln, denn es sei ja kurz vor dem schließen des Transferfensters.

Nils ist wirklich verunsichert und genervt, nun kennt er sich mit den Hauptwörtern gar nicht mehr aus.

Wirklich - unverzichtbar

Unscheinbar und total unauffällig ist sein Äußeres. Wer ihn nicht kennt, übersieht ihn schnell, er bemerkt ihn deshalb kaum. Aber er ist so unglaublich wichtig, besonders für mich. Und aus diesem Grund liegt er schon seit vielen Jahren griffbereit immer am selben Platz im Regal. Er ist mein treuer wöchentlicher Begleiter, meine Gedankenstütze geworden. Wirklich ein unverzichtbarer Helfer.

Natürlich wäre ein Leben auch ohne ihn möglich, aber extrem schwer. Das habe ich schnell erkannt und schätze ihn deshalb über alles.

Ohne ihn hätte ich bestimmt große Probleme, denn ich weiß, dass ich mich fest auf ihn verlassen kann. Durch ihn bin ich von wöchentlicher hektischer Sorge und quälender Angst etwas verkehrt zu machen befreit. Ruhig warte ich einfach nur ab.

Wie furchtbar wäre es ohne ihn. Was für ein schlimmer Gedanke sich jedes Wochenende auf die Nachbarn verlassen zu müssen. Gleich morgens in der Frühe zu schauen wie sie es gemacht haben. Auf sie vertrauen und hoffen, dass sie keinen Fehler begangen haben.

Ja, ich habe mich sehr an ihn gewöhnt, er gehört deshalb inzwischen zu meinen wichtigsten Helfern, er ist wirklich unverzichtbar für mich.

Durch ihn ist mein Alltag sehr einfach geworden, leicht und überschaubar. Weil, ich muss mir die wöchentlich wechselnden Termine wirklich nicht mehr merken, nur schauen und lesen.

52-mal im Jahr, an jedem Wochenende, nehme ich ihn deshalb zur Hand und bin dabei glücklich. Man ist doch im reiferen Alter wirklich dankbar für jede Hilfe.

Nun las ich vorgestern mit großer Besorgnis, dass seine dreijährige Laufzeit im Mai zu Ende ist. Das traf mich unvorbereitet und hart. Sorgenvolle Gedanken quälten mich sofort, schlaflos auch die Nächte. Unruhe und durchaus ein wenig hektische Angst befallen mich seitdem immer wieder. Ich bin wirklich schwer verunsichert.

Aber der Neue muss nun wirklich bald

kommen, beruhige ich mich. Jeden Tag schaue ich deshalb erwartungsvoll in den Briefkasten. Nichts.

Dann endlich, eines Tages ist er da. Glücksgefühle übermannen mich sofort. Wie toll, finde ich, gleich für drei Jahre kann ich mich wieder auf ihn verlassen. Das beruhigt, sofort kehrt wieder Ruhe ein.

Neugierig habe ich natürlich sofort in ihm geblättert. Aber es ist alles gleich geblieben stellte ich glücklich fest. Der Montag bleibt Abfuhrtag. Und auch der Tannenbaum wird gleich nach Weihnachten an einem Sonnabend wieder abgeholt. Gut zu wissen, das gibt wieder Planungssicherheit.

Jetzt ist er wieder fester Bestandteil in meinem Haushalt und hat sofort seinen Stammplatz im Regal eingenommen, der neue Bremer Abfallkalender.

Ehrenamtlich

Sie machen sich bestimmt keine Gedanken und tun es sicherlich unbewusst. Selbstlos setzen sie sich dabei für das Wohlergehen und Wachstum der Bekleidungsindustrie ein. Und das ehrenamtlich.

Sie finden es offensichtlich einfach nur toll. Denn sie möchten wohl nur mit der Mode gehen und so auszusehen wie ihre prominenten Vorbilder aus Film und Fernsehen. Wirklich sie machen sich keine Gedanken. Uneigennützig und total kostenlos machen sie so Werbung und tragen dazu bei, dass der Umsatz ganz bestimmter Unternehmen sich ins Unendliche vermehren kann.

Sie machen sich offensichtlich auch keine Gedanken über ihr äußeres Erscheinungsbild, finden sich so einfach nur toll. Vielleicht wachsen sie auch innerlich durch Stärkung ihres Selbstbewusstsein. Und bestimmt ist es ihnen auch egal, oder es ist ihnen nicht bekannt, dass

Prominente für ihre Werbeauftritte, oft riesige Honorare bekommen, sie aber nicht.

Neulich, die Fußgängerampel am Wall, in Richtung Stadtbibliothek, steht auf Rot. Normalerweise ist das für mich immer eine gute Gelegenheit in Ruhe den Blick, nach schräg hinten, über die schöne Wiese in den Wallanlagen schweifen zu lassen. Diesmal nicht. Er bleibt fasziniert an einem jungen Mann hängen, genauer gesagt an dessen Rückansicht, direkt vor mir.

Wieder einmal so eine wandelnde Litfaßsäule dachte ich. Eigentlich ist so eine Erscheinung ja nichts Besonderes, denn man kann diese ehrenamtlichen Werbeträger auf zwei Beinen doch täglich überall sehen. Aber diesesmal, war es anders. Ich erkannte es sofort. Wie hypnotisiert bleibt mein Blick an dem jungen Mann hängen. Das ist wieder einmal ein Werbeträger erster Güte, dachte ich sofort.

Auf seiner Tasche, die quer über seinem Rücken hängt, prangt nämlich groß das Logo eines deutschen Sportartikelherstellers. Und auf Sweatshirt vorn und der Jacke hinten sehe ich riesig große Buchstaben und lese die Namen sehr bekannter Hersteller. Und auf seinen Schuhen hinten und an der Seite fiel mir sofort das große „N" auf, das Kürzel eines amerikanischen Sportschuhherstellers. Und zum Schluss zierte der Namenszug eines bekannten Qutdoor-Artikel Herstellers seine dunkelblaue Kopfbedeckung.

Das ist ja wunderbar, dachte ich, da werden sich aber die Unternehmen über das großartige Ehrenamt, über diese für sie kostenlose Werbung freuen.